Ceci est une œuvre de fiction. Toute ressemblance avec des personnes existantes ou ayant existé n'est que fortuite...;-)

« On se détourne pas de la famille »

...A vous tous.

Comme un martin pêcheur

* *

J'étais assis là, à la table couleur crème brûlée du salon, dans notre petite maison d'Etalondes, en Seine-Maritime, lorsque ma vie a commencé.

Enfin, quand j'écris "commencé", c'est une façon de s'exprimer, car il faut savoir que j'avais quatorze ans et quelques mois alors d'importance, à l'époque, installé devant ma énième partie de dames. J'étais jeune et irascible. Un môme comme les autres, en fait. Il est de ces événements, en apparence bénins, qui déterminent, de façon prodigieuse et implacable, de façon inattendue, et, par-dessus tout, totalement inexplicable, tout ce que sera votre vie.

Mon oncle, Aimé Henri Jocquet, aimait beaucoup jouer aux dames. Et moi je sais à présent, depuis que ma psy me l'a dit, que j'aimais apparemment beaucoup mon oncle.

- Tu ne suis pas assez, Romain. Combien de fois t'ai-je dit que l'on ne doit jamais isoler un pion ?...

Il allongea le bras, et toujours d'un ton très doux, me mit en évidence mon erreur.

-... et voilà : trois d'un coup...

- Pfffff !....

Il sourit.

- Ne soupire pas, voyons. Tout finit toujours par venir. Ce n'est qu'une question de patience, et d'assiduité.

Je me concentrai, plusieurs minutes durant, sans qu'il ne manifeste le moindre signe d'impatience. Mon oncle était un de ces vieux mentor qui semblaient revenus du dix-neuvième siècle juste pour rappeler à tous que rien, jamais, ne disparaissait vraiment. Imperturbable, il avait des cheveux blancs argentés lissés en arrière par ce qui avait dû succéder à la brillantine. Je jouai.

- T-t-t-t, Romain...

Il me prit deux nouveaux pions.

- Pas grave. Allez, à toi.

Je regardai par la fenêtre avant de jouer, comme pour y trouver l'inspiration. Quatre nouveaux. Plus qu'une huitaine encore en jeu. Et re-à moi. J'en avais marre.

Regardant dehors à son tour, il me dit :

- Le marin-pêcheur ne vient plus, ces temps-ci. Les aigles les mangent.

Je le regardai. Il m'avait saôulé avec son martin pêcheur déjà aux dernières vacances. Non, en fait cela ne me gênait pas. D'après la psy, c'est "la frustation du jeu qui a modifié le souvenir en moi". J'ai mis plus de temps à comprendre la phrase de la psy que ça, cela dit.

N'empêche qu'aux dernières nouvelles, il n'y avait pas de martins pêcheurs dans les environs de d'Abbeville, et d'aigles encore moins.

Je lui ai demandé, bougon, s'il était certain de ne pas l'avoir rêvé, son martin pêcheur. Il m'a assuré que non, non, un oiseau bleu-vert, avec un bec allongé, c'était bien un martin-pêcheur, mais que là, à cause des aigles de la région sûrement, on ne le voyait plus dans le jardin, et que c'était dommage. Je lui ai demandé si la raison pour laquelle on ne le voyait plus, son martin pêcheur, ce n'était pas plutôt le fait qu'il se fût soudain rendu compte qu'il n'avait rien à foutre en Normandie. Il a eu l'air surpris, n'a rien dit et a fixé le jeu plus intensément que de coutume, un peu comme si me battre eût soudain nécessité la totalité de ses ressources attentionnelles. J'ai quitté la table, puis le salon, en le laissant là, silencieux, et il n'a rien fait pour me retenir.

C'est tout con, mais le lendemain, quand je suis remonté dans la voiture avec mes parents, j'étais toujours fâché.

Et voilà, c'est comme ça que, d'une certaine façon, ma vie a commencé. Nous étions en avril 1995.

Le vingt-deux décembre, quand, durant le repas, ma mère m'a demandé si je voulais que l'on quitte Caen pour aller voir mon oncle à Noël, j'ai dit non. Elle n'a pas compris. Enfin, encore moins que d'habitude une mère comprend son ado.

Le vingt-trois, le soir devant la télé, mon père a lancé pour la première fois l'idée d'aller retrouver des amis à lui en Corse pour les fêtes. On le lui avait proposé, et il trouvait ça sympa ,"en famille". Occupée à repasser, ma mère lui a dit que ça ne serait pas idéal pour moi, mais j'ai approuvé l'idée de papa avec force. Elle m'a regardé de manière étrange. Pour la deuxième fois en deux jours, elle me comprenait encore moins que d'habitude. D'ailleurs, elle ne m'a plus jamais compris, ni moins que d'habitude, ni comme d'habitude, après ça. Je crois que c'est à partir de ce soir là, en y repensant ce soir là, qu'il n'y a plus eu de "d'habitude".

Le soir du vingt-quatre, j'entendis, au pied de l'escalier, Maman dire à mon oncle, au téléphone, que nous ne viendrions pas le lendemain, qu'il s'était décidé que l'on allait en Corse dès le lendemain pour le réveillon, qu'elle était désolée. Au bout de quelques minutes, je l'ai entendue rire. Elle ne le consolait pas ; il n'était pas triste.

J'avais dix-sept ans quand mon père est mort. Oui, en ce moment de l'histoire, ça s'enchaîne peut-être un peu vite. Peut-être un peu trop, même. Mais vous savez : c'est une histoire, justement, et par définition ça ira toujours trop vite par rapport aux évènements que ça relate. Alors bon.

Donc : J'avais dix-sept ans lorsque mon père est mort. " Dune maladie très grave " m'avait dit ma mère à l'époque. Aujourd'hui, je sais que c'était dû au Sida. Une grippe classique rendue foudroyante à cause du VIH, contracté très certainement en Corse, lors des vacances d'été trois ans plus tôt, et d'une de ses "virées entre collègues" nocturnes. Je me souviens du sourire crispé de maman lorsqu'il ne rentrait pas à l'heure prévue. Ce sourire là je l'avait revu après cet été là, et de moins en moins dans ces conditions là. Sans jamais y faire vraiment attention. Une mère, ça n'a pas de soucis.

A l'enterrement, mon oncle est venu en dernier pour les condoléances, quand j'étais seul, et il m'a tendu la main sans rien dire. Comme après ses victoires durant nos anciennes parties de dames.

J'étais grand, et l'histoire du martin pêcheur, je devais n'en avoir plus qu'un souvenir amusé. Je me souviens qu'il faisait froid, qu'il pleuvait, que le chagrin me faisait mal, très mal. Que le col de ma chemise noire m'irritait la nuque. Que je n'étais pas bien, que rien n'allait. La psy dit que dans ma tête mon papa était mort à cause de la Corse, et donc directement à cause de mon oncle. C'est ce qui m'aurait poussé bien plus tard à m'éloigner de l'île de beauté pour m'ancrer dans ma région natale, en me rapprochant paradoxalement de celui que je ne souhaitais consciemment plus voir. "Phénomène amplifié". Cette phrase là, je n'ai jamais vraiment cherché à la comprendre, pour tout vous dire ; je vous raconte, c'est tout. Mais bon, je trouve toujours ça tiré par les cheveux, c'est sûr.

J'ai pris sa main sans le regarder, et suis parti m'enfoncer dans la brume pluvieuse.

Je redoublai cette année, mais eus mon bac ES avec mention "Bien" l'année suivante. Ma mère avait toujours voulu que je fasse S, comme mon père, parce que "ça ouvrait plus de portes". C'est Aimé qui l'avait convaincu de me laisser aller en Economique et Social. J'ai vécu mes dernières années de lycée comme une véritable souffrance (j'entends par là : encore plus que la première). J'ai détesté l'Economique et Social...

Depuis tout petit, j'avais toujours rêvé d'être avocat. Après mon bac, je me suis inscrit à la fac de droit de Toulouse. Pourquoi Toulouse, me demanderez-vous ? Eh bien, je vous répondrai que je n'en sais rien. Même ma psy n'en sait rien. Là au moins, c'est simple. Sans doute parce que, en plus d'être une très bonne fac, c'était loin, loin de maman et de son état que je persistais à ignorer mais qui pourtant me faisait fuir. La Ville Rose. Loin de tout.

Troisième à la sortie de la première année. J'avais déjà choisi de me spécialiser dans le commerce international. Promis à "un grand avenir de brillant juriste".

Je n'avais jamais été aussi bon nulle part. La deuxième année fut nettement moins bonne que la première, et la troisième nettement moins bonne que la deuxième. J'eus quand même ma licence.

A la rentrée de quatrième année, je me suis mis à sortir tous les soirs, ou presque, avec une bande de bourges plus âgés que moi. Jamais présent aux cours, j'allais redoubler à coup sûr. On était fin de premier trimestre, et je m'en fichais.

C'est à cette période que ma mère a fait sa première crise. Enfin, la première suffisamment grave pour que je sois prévenu. J'ai dû rentrer sur Caen, laisser sans remord le droit toulousain dans la Ville moins rose qu'à mon arrivée, et les médecins de l'hosto m'ont recommandé de "la surveiller". Je suis resté quelques jours, l'ai rammenée chez elle, mais ne suis pas resté. Elle m'avait dit en souriant, de ce sourire qui lui était devenu coutumier, que "ça allait mon grand". "Mon grand...". Et ça m'avait suffi.

Je ne suis pas retourné à la fac de droit. Jamais. A la place, j'ai travaillé six mois dans une association de protection des plages, sur les côtes normandes. Six mois passés à fixer l'horizon, et, je me souviens, à me renseigner, à me cultiver sur le milieu : les algues, les roches, les oiseaux. Les oiseaux surtout. Comoran, fou de Basan, mouettes et goélands...

Un soir, le téléphone a sonné. Silence au bout du fil. Plusieurs instants. Puis j'ai raccroché. Je m'en souviens encore. Je ne l'ai pas dit à la psy. C'est ridicule ; ça aurait pu être n'importe qui...

Après que les crises d'hystérie de ma mère ont repris, puis se sont intensifiées, resserées de sorte à me faire admettre une bonne fois pour toutes qu'elles étaient en fin de compte bien un problème, j'ai mis trois mois à prendre ma décision, décision qui m'appartenait comme à l'enfant unique que j'étais. "Dépression nerveuse, assortie de bouffées délirantes", m'ont dit les médecins. Ils auraient aussi bien pu appeler ça "potentiel d'enrichissement chronique". L' "établissement spécialisé" m'a coûté huit-cents soixante-quinze euros le mois. Pour payer, j'ai pris un emploi dans un cabinet d'avocat caennais, comme aide juridique, payé au SMIC. Une "collègue" m'hébergeait. A ce stade de MON histoire, je mets un peu tout entre guillemets, vous aurez remarqué. Mais je suis sûr que vous aurez remarqué aussi que NOS histoires respectives ne s'écrivent pas qu'avec NOS mots. C'est ironique, mais tellement fonamental. ....Je reprends : Brune, trente-neuf ans, sympathique, pour autant que je m'en souvienne. Tout à fait le genre de fille que j'aurais pu avoir comme amie.

Cela a duré trois mois. Au bout de trois mois, Maman est morte, alors que je n'étais allé la voir qu'à deux reprises depuis son internement. Elle avait avalé toute une boîte de médicaments fauchées à la pharmacie de la clinique, et la gentille infirmière qui s'occupait d'elle m'a dit, quand j'y suis allé, qu'en attendant les pompiers, Maman délirait en disant de "dire à Romain que les martin pêcheurs c'est pas grave ; on s'en fout...". ...J'ai payé une bonne partie de ma vie une petite fortune une personne pour retrouver ce que ma mère disparue que je n'allais jamais voir avait compris gratuitement. Là encore, combo suprême d'ironie et d'implacable logique.

A l'enterrement, Aimé s'est placé devant moi, comme pour Papa des années plus tôt, et m'a tendu la main sans rien dire. J'ai revu le sourire de Maman, les pattes d'oies aux coins de ses yeux, je l'ai entendue me dire que "ça allait, mon grand", et mes mâchoires se sont crispées. Une mère, ça n'a pas de problème. A coté de ça, je ne voyais dans ses yeux à lui, ses yeux gris et usés, que ces martin pêcheurs de merde. Sa main, je ne l'ai pas prise. Il n'avait pas le droit d'exister devant Maman.

Brigitte - c'est le prénom de ma collègue - me tanait pour que j'entre en fac de bio. "Il n'est jamais trop tard", me disait-elle. "Je vois que tu regardes toujours les livres sur les animaux, ou le ciel par la fenêtre. Il est temps que tu trouves ce qui est fait pour toi". Paraissait-il qu'elle avait une copine qui avait sa fille inscrite en bio à Poitiers, pour l'année suivante. Je me suis inscrit, et j'ai déménagé.

La fille en question avait vingt-deux ans, et sortait d'un BTS comptabilité, suivi d'une année sabbatique sur les côtes de Normandie. Elle s'appelait Aline.

Elle était pleine de vie, drôle, intelligente et malicieuse. Son truc, c'était la géologie. On a été à la fac ensemble, on est sorti avec des amis, on a été au cinéma, sur le bord d'un lac la nuit, et je l'ai embrassée. Elle avait un goût de fraîcheur nouvelle et inconnue, et j'eus l'impression d'avoir trouvé ce qui était fait pour moi. Nous nous mariâmes au cours du second trimestre, elle en blanc, moi en songe.

Elle s'intéressait à tout, et, assidue, eut sa première année avec brio. Je manquai la mienne, et si pour elle "ça ne changeait rien", pour moi si. Finies les promenades au clair de lune, les révisions devant la cheminée. A travailler comme un forcené, je perdis confiance en moi. La spécialité que je visais obstinément, sur l'étude des populations, section ornithologie, accessible en troisième année, me semblait lointaine. Cette année là, Aline m'offrit un superbe livre sur les oiseaux des côtes bretonnes pour mon anniversaire. Et ce soir là, nous nous disputâmes. Je passe vite là-dessus parce que je ne me souviens pas de tout. Je vous fait les grandes lignes : ça n'est qu'une histoire. Elle, la brillante élève, future géologue de renom, me reprocha mon "manque d'envie", du "goût" de nos débuts. Je claquai la porte sur mademoiselle-réussite, et ne me présentai pas à un oral de génétique capital le lendemain, pour lequel j'avais travaillé des semaines durant. Plus que de ne jamais me le pardonner, elle n'a jamais vraiment compris. Jamais vraiment plus que d'habitude. Elle partit en troisième année, et commença à sortir avec un stagiaire en "Recherches sur les déplacements tectoniques". A peine le divorce prononcé, je repartis pour Caen avec dans la bouche un mélange de tant de goûts amers qu'il avait perdu toute saveur.

Quand je frappai à la porte de la demeure de Aimé Henri Jocquet, dix ans plus tard, sa femme de ménage m'apprit, en larmes, qu'il était décédé la veille, à l'âge de soixante-quatorze ans. Dans la maison, il y avait une paire de jumelles sur pied placée devant un fauteuil et braquée depuis la baie vitrée sur l'horizon. Sur la table, il y avait un damier aux pions parfaitement disposés, dans l'attente que quelqu'un vienne disputer une partie.

J'ai terminé mon discours à ses funérailles par "Mon oncle est mort en regardant les oiseaux depuis sa baie vitrée". Et puis, je n'ai plus rien dit. La dernière pierre du mur de ma vie était tombée, et devant moi ne se dressait plus ni les cernes de Papa, ni le sourire de Maman, ni la douceur des cheveux d'Aline, ni le battement d'ailes du martin pêcheur. Ils étaient tous là où ni les chants du Stade Toulousain, ni les étoiles du Futuroscope de Poitiers, ni les embruns de la mer turquoise que je regardais à nouveau ne les traverseraient plus jamais.

Sarah - c'est ma psy - ne m'a pas vraiment aidé. Je dis ça parce que l'on "aide" quelqu'un à aller mieux. Je ne vais pas mieux. Je n'allais pas mal, *j'allais,* point. Eh bien qu'aujourd'hui j'ai compris beaucoup de choses, je vais toujours. C'est la raison pour laquelle je vous raconte tout ça : c'est ce qu'on fait avec toutes les histoires.

Il y a environ un mois, j'étais dans le train pour Caen (je fais la navette avec Abbeville pour mon boulot : je suis promoteur immobilier pour de riches entrepreneurs parisiens qui veulent acheter sur la côte), et dans le wagon, nous étions deux. Le type en face m'a interpellé, et il m'a dit : "Oh ! Je vois sur votre saccoche que vous bossez pour *Normandie live*... On a travaillé avec eux, une fois, pour la préservation de la biodiversité sur un chantier ; toute une histoire...". Il s'est doudain rappelé qu'il ne s'était pas présenté et m'a tendu la main. "Ryan Jobes ; je suis secrétaire de l'association *Défense des côtes normandes* ; nous travaillons avec les promoteurs et autres investisseurs pour garantir la préservation des systèmes vivants côtiers en Bretagne. C'est un travail de titan ; les oiseaux, surtout...".

Et là, comme ça, dans un wagon du TGV Abbeville-Paris-Caen, j'ai posé la question autour de laquelle j'avais tourné tant que j'en avais eu l'occasion. "Et il y a quoi, comme oiseaux, en Bretagne ?", que j'ai demandé. "Oh !" qu'il m'a répondu, "des mouettes, goélands, comorans, canards, fous de bassan, alouettes, hum... voyons voir... des martin pêcheurs, encore un peu, des rapaces, hein : milans, buses, éperviers... Ah ! Des aigles ; on en a relevé quelques-uns depuis une trentraine d'années : ils remontent des régions montagneuses ; c'est curieux, d'ailleurs... et puis chiant, ils attaquent les plus petits, comme les alouettes ou les martin pêcheurs... Bon sinon, y'a..."

Et voilà.

Mon père m'avait légué, sous attente de ma majorité, ses deux fusils de chasse, à sa mort. L'autre jour, c'était le soir, et j'étais à la table de la cuisine, dehors le vent sifflait, les vagues roulaient, et j'en avais chargé un, avec des munitions achetées dans l'aprés-midi, pour voir.

Je ne comprends pas l'acharnement qu'ont les gens à vouloir s'investir, réussir dans tous les domaines, faire des projets, et s'y tenir... Je regardais l'arme, et puis le téléphone a sonné. C'était le boulot. J'ai rangé le flingue et suis allé me coucher. Je sais pertinnement que je suis comme ça. De nature je veux dire. Toutes ses conneries de dames et d'oiseaux normands, c'est le prétexte dont tout le monde a besoin pour commencé son histoire. Mais comme je l'ai dit, déjà : On doit faire avec les mots qu'on nous donne pour ça.

Si la vie, pour certains, est illusions, désillusions, joies, peines, souffrances permettant d'apprécier l'extase, recherche, histoire... Histoire. Alors c'était l'Histoire de ma vie. Celle d'un martin pêcheur, dévoré par un aigle.

Regarde-moi dans les yeux

1.

Le ruban d'asphalte du boulevard de l'Yser, désert à cette heure de la nuit, défilait à allure régulière, les longues bandes de peinture blanche alternativement éclairées par les puissants phares, puis happées par les roues aux pneus neufs de la Mercedes-Benz intérieur cuir. Et tout cela sous le contrôle absolu du maître Silence.

— Ils nous suivent toujours ?
— T'occupe. Roule.

...Qu'est-ce que je disais sur le silence ?

Arraché à mes rêveries, je décollai ma tête de la vitre teintée du côté passager pour lui jeter un coup d'œil. A lui qui ne cessait de regarder dans son rétroviseur, alors que le compteur affichait 90.

- Putain... Regarde devant : c'est plus pratique pour conduire... Et pis tu peux pas aller plus vite ?

- *Elle* a dit de pas se faire repérer.

Elle... Le mot magique.

Le silence reprit ses droits. Que cet abruti lui confisqua à nouveau :

- Au fait : tu t'appelles comment ?

Cette fois-ci, je le regardai carrément. Sans doute le faisait-il exprès...

— Écoute ; on est dans la même situation : moins on en saura, mieux ce sera. C'est *elle* qui l'a dit.

Simple, basique, efficace. On ne pouvait pas faire mieux. Je crois. A cet instant je commis une fois encore l'erreur de penser qu'il allait la fermer.

— Ça t'est pas déjà arrivé d'te demander où tu s'rais si t'avais pas ouvert le journal, y a trois mois ?

Je soupirai.

— J'ai vu l'annonce sur Internet.

Même ça - le petit ton las -, il ne le comprit pas.

— Bah, si t'avais pas allumé l'ordi, alors ; c'est pareil...

Je voulus lever les yeux au ciel, mais tombai sur le toit sombre de la Berline. Tout un symbole, j'imagine. Les premières gouttes de pluie s'écrasèrent sur le pare-brise blindé de la caisse. Ce qui ne l'arrêta pas :

— Faut dire que c'était alléchant, pas vrai ? « Jeune femme célibataire cherche homme sans attache, la quarantaine... »

Tiens! Moi, ça avait pas été ça. *Elle* avait su accrocher les différents publics...

_ « ... prêt à à peu près tout. 06.53.3... »

- C'est pas vrai : tu vas pas me réciter l'annon...

Le choc surpuissant qui ébranla l'habitacle stoppa net le flot de lassitude qui s'échappait de mes lèvres à peine écartées l'une de l'autre, et j'entrevis enfin, après quarante-cinq ans d'existence, le but éventuel de ce que ma mère appelait « la ceinture de sécurité ».

— Merde ! C'était quoi ça ?!

Je jetai un bref coup d'œil dans le rétro, et répondit avec l'humour de circonstance :

— Oui : ils nous suivent toujours.

Même pas un petit sourire. Même pas un rictus qui aurait trahi son amusement sous-jacent. C'était pourtant maintenant ou jamais...

Je me retournai pour tenter d'apercevoir le 4x4 qui venait de nous emboutir l'arrière-train, et ce crétin eu la formidable idée d'en faire autant. La Mercedes fit une embardée, et j'attrapai prestement le volant qu'il ne tenait plus.

— LA ROUTE, BORDEL !!!

— OK, OK. Désolé...

Il avait l'air vraiment paniqué, maintenant. En y repensant, je crois même que son visage n'avait pas cette couleur crème Bridélice cinq minutes auparavant. J'inspirai profondément. Ce que j'allais faire n'avait vraiment jamais été mon truc :

— Écoute, je ...

Je... cherchais déjà mes mots. Non, décidément : rassurer les gens, je ne pouvais pas. C'était sans doute pour ça que je n'avais pas d'enfant... ni même de femme, d'ailleurs.Parce qu'il faut toujours les rassurer. En tout cas j'aime à dire que c'était sans doute pour ça.

La première détonation brisa la vitre arrière dans un fracas assourdissant, projetant mille éclats de verre dans l'habitacle. Nouvel écart. La tête baissée, je hurlai :

— ACCELERE !!!

Ça, il a compris du premier coup. Non sans un troisième écart, presque rassurant cette fois, la Mercedes a bondi vers l'avant, et l'aiguille du compteur a enfin pris la mesure des choses.

Deuxième détonation. Le rétroviseur de mon côté explosa dans une myriade de plastique mêlé de miroir pulvérisé, et, le tragique de la situation y étant sans doute pour quelque chose, je vis en ma vitre qui n'était pour une fois pas abaissée un signe divin.

— Putain !! On va se faire buter, bordel !!

« Sans blague... ». Sans prendre le temps de remercier le ciel pour la perspicacité de mon partenaire, j'ouvris la boîte à gants et y plongeais la main à la hâte, tandis que l'un des feux arrière explosait à son tour.

— T'inquiète...

Je sortis le 44 et en ouvrit le barillet pour inspecter son contenu, ce qui, entre nous, se révéla une action parfaitement compatible avec le mode de conduite « slalom » de mon chauffeur.

— Eh ! C'est quoi ce truc ?!

« Un maracas », que j'ai été tenté de lui répondre. Mais déjà qu'il avait du mal avec l'ironie en temps « normal »...

— « Cadeau », qu'elle a dit...

Maintenant que j'y pense, elle avait aussi dit : « ça pourrait vous être utile... ».

J'abaissai ma vitre - Seigneur, pardonnez-moi... -, et m'engouffrai à demi dans l'ouverture. Le vent glacial de la nuit me fouetta le visage, et la lumière aveuglante des phares du 4X4 me frappa de plein fouet. « Ils » se rapprochaient. Je tendis le bras et fit feu. Le pare brise de leur caisse de mafieux se désintégra littéralement, dans un feu d'artifice de reflets au sein des ténèbres. A leur tour de manquer de peu le décor.

— Ah! Ah! Ah! Ah! Ah! Touché! M'écriai-je à l'attention de mon collègue, qui sembla, cela va de soi, plus qu'apprécier ma concentration et ma gravité à l'encontre de la mort.

C'est alors que je perçus plusieurs choses. En même temps.

Il faut dire que dans la vie, j'étais réalisateur de films d'action. Alors le bruit que faisait une mitrailleuse lourde lorsqu'on la met en marche, je connaissais.

Ça, chaque parcelle de la Berline qui éclate en même temps, et la douleur lancinante dans mon bras droit, juste au-dessus du coude. Je lâchai le magnum, et retombai dos au siège en gémissant.

– Ça va ?! S'est enquis l'autre.
– Nickel ! Lui ai-je crié avec une hargne qui, bien qu'involontaire, se trouvait parfaitement compréhensible de mon point de vue.
– Putain ! Mais t'es blessé ! Oh, putain, putain...

« C'est rien, je me suis coupé en me rasant... »

Pourchassé, désarmé, blessé, et en compagnie du pire crétin que la terre est jamais porté ; « Putain » était le mot juste.

– Tourne à droite.
– Qu'est ce que...?
– TOURNE A DROITE !!!

Il allait pas commencer à me les briser, celui là... D'autant plus qu'il y a un temps pour tout, comme disait ma mère.

Silence.

Re-silence.

– Eh, je crois qu'on les a semés, là...

Je me disais aussi...

Négligemment, j'ai jeté un œil dans le rétro. Mais c'est qu'il avait raison, ce con !

– Eh, mec : on les a semés...

– On les a semés, ai-je répété à mi voix.

Il a commencé à ricaner. Tout doucement, puis plus fort. Le rire, surtout dans ces moments là - allez savoir... - c'est « communicatif », comme aurait dit ma mère.

– On les a semés !

– On les a semés.

Les éclats de rire hystériques ont fusé dans l'habitacle cabossé. « On les a semés »...

– Ah! Ah! Ah! Ah!

– Ah! Ah! Ah! Ah!

– Ah! Ah! Ah! Ah! Ah! AAAAhh!!

– Ah! A... ATTENTION!!!

Tout ce dont je me suis souvenu, c'est son brusque coup de volant. Et puis les yeux verts, les deux grands yeux verts.

Je me demande comment ma mère aurait appelé ça...

2.

J'ai toujours détesté le blanc. Le blanc reflète la lumière.

– Ah ! Vous êtes réveillé ! Comment vous sentez-vous ?

J'ai grimacé. Je crois.

– Bon Dieu ! Éteignez-moi ça !

Elle éclata de rire. Elle avait un joli rire. J'ai beaucoup apprécié.
- C'est normal, au début... Mais on s'habitue, vous allez voir...

J'ai de nouveau grimacé, mais le cœur n'y était plus. On frappa à la porte.
- Oui ?

Un homme de taille respectable, blouse blanche et coupe en brosse couleur acier qui trouvait écho dans son regard implacable, est entré. Il a aussitôt demandé :
- Comment va-t-il ?
- Bien, a-t- elle répondu en me regardant.

Son sourire était d'un blanc éclatant. Décidément.
- Vous pouvez nous laisser, Hélène ?
- Bien sûr, Docteur Leroux.

« Leroux »? Je regardai sa coupe métallique, puis ses traits austères et figés. Je me souviens m'être demandé s'il appréciait autant que moi l'ironie de la situation.
- Bonjour, Monsieur Stephen; content de voir que vous êtes enfin de nouveau parmi nous... Je suis le docteur Leroux.

... Non, visiblement pas.
- Enchanté.

Je pris la main ferme mais glaciale qu'il me tendait.
- Combien de temps suis-je resté endormi, euh... Docteur ?

J'ai supposé que ce n'était pas le peine d'en rajouter.
- Eh bien...« dans le coma » serait plus approprié, et, euh...
- Ah, carrément.
- ... Presque 3 jours.

Trois jours ?!

— Mais...

Soudain, tout est revenu d'un seul coup : L'asphalte noir, les phares dont la lumière blanche me vrillait le crâne, les coups de feu. Tout.

— Et l'abruti ? Me suis-je enquis un peu trop brutalement. Enfin, je veux dire : le conducteur ?

Il eut un instant d'hésitation. Puis, pour la première fois depuis le début de l'entrevue, un ton légèrement différent de celui qu'il devait prendre pour annoncer qu'il se rendait aux toilettes :

— Eh bien, justement, à ce propos...

Nouvelle hésitation. L'inquiétude me saisit.

— Oui...? le relançai-je.

— Deux personnes attendent dans le couloir. Elles voudraient vous voir. Vous sentez-vous en état de...?

— Vous feriez-vous des cheveux blancs pour moi, Docteur Leroux ?

Ah, Ah, Ah... Il répondit lui-même à son esquisse de question :

— Moui, visiblement... Je les fais entrer ?

J'insistai, passant outre :

— Comment va mon ami, Docteur ?

Mon « ami »?! De mieux en mieux... Mais Leroux avait déjà posé la main sur la clenche de couleur neutre - blanche, quoi.

J'avoue que la baraque à frites, skaï et lunettes de soleil noirs, qui entra me surprit. Bien que je n'avais jamais vraiment eu affaire à eux par le passé, j'imaginai les flics moins... enfin « moins », c'est tout. L'autre était plus petit, yeux pétillants, crâne luisant, plus « RIS ». Plus cliché, peut-être... Ce fut lui qui ouvrit la bouche le premier :

— Merci Docteur. Nous vous ferons savoir si nous avons à nouveau besoin de vos services.

Oh, ce brave Leroux tenta bien d'objecter :
- Mais...

Un regard. Un seul, et le toubib fila la queue entre les jambes. A quoi servait le molosse, alors ? Le médecin sortit sans ajouter une syllabe, refermant la porte sur mon univers blanc-paradis. Je fixai Musclor. Au moins, maintenant, il y avait du noir. Ça créait une sorte de contraste... C'était pire qu'avant, à bien y réfléchir.

- Eh bien ! Messieurs... lançai-je sans préalable. Peut-être pourrez-vous, vous, me dire...
- Si vous permettez, Monsieur Stephen, c'est nous qui allons parler pour le moment.

D'a-ccord... Un petit sourire crispé, pour la forme.

- Oh : appelez-moi Marc...

Mais, c'est bien connu : on perd le sourire en entrant dans la police.

- Et les cheveux, peut être...
- Pardon ?

Merde.

- Oh ! Non... je disais : et que me vaut le plaisir, inspecteur...?
- Capitaine Régis Hochet, débita le petit chauve. Et voici le lieutenant Antoine Lafond, continua-t-il en montrant son collègue d'un geste. Brigade criminelle du SRPJ de Rouen.

Imperceptible hochement de tête de coupe-en-brosse-au-laser. Mieux que rien. Mais... Rouen ? Je revis les lampadaires de la D928 défiler, et une étrange sensation d'apaisement totalement déplacée vint me titiller. J'étais encore à la maison.

- Oh ! raillai-je. Et moi qui pensait qu'on allait aborder le croustillant passage des présentations seulement à la fin... Maintenant que vous avez gâché le suspense, capitaine, j'ose espérer que ce qui vous amène...

— Et si vous vous taisiez, « Marc », et que vous nous laissiez faire notre travail ?

Tiens ! Armoire-à-glace avait la voix qui allait avec le coffre. Un vrai régal... Hochet - sans commentaire... - enchaîna :

— Vous êtes un comique, M. Stephen. Sans doute que ce qui s'est passé est à vos yeux tellement hilarant que vous jugez la plaisanterie de circonstance ? Sans doute le fait que la voiture qui vous transportait se soit écrasée contre une façade en brique rue Orbe, aux abords de la départementale 928, après que son conducteur ait reçu une balle de 44 Magnum - une arme extrêmement rare de nos jours, et dont, comble de l'hilarité, nos experts ont retrouvé un exemplaire à vos côtés - dans la tempe, alors qu'un témoin certifie avoir vu le véhicule s'emboutir APRES avoir entendu un coup de feu – pardon : une « détonation », selon ses dires - provenant de l'habitacle, habitacle duquel il n'a vu personne s'extirper tandis qu'il appelait les secours après l'accident, vous donne envie de vous taper sur les côtes ? Je constate que nous n'avons pas exactement le même humour, si tel est le cas, M. Stephen.

Top! 11 secondes, 37 centièmes ! Et en apnée de bout en bout, s'il-vous-plaît... Silence, après ça. Mort ? Le 44. Un témoin...

— Je...

Je me souviendrai toute ma vie du sourire vicelard que Hochet - toujours sans commentaire... - afficha à cet instant. « Reprendre contenance ». « Vite ».

— Alors, M. Stephen? Qu'avez-vous à déclarer ?...

Ce ton mielleux. A gerber.

— Euh... Ils vous ont obligé à choisir entre le ton-qui-tue et les cheveux ?

Musclor, qui s'était déplacé furtivement - enfin, autant qu'un éléphant atteint d'obésité morbide et chaussé de rollers dans un magasin de vases en porcelaine juchée sur de très hautes armoires bancales - à la droite de mon lit, m'attrapa brusquement par le col de ma chemise de nuit - quelle couleur...?... Blanche ? Gagné ! - pour me souffler son haleine « mentos fresh » en pleine poire.

- Je vous conseille de pas faire le malin avec nous, M. Stephen. Vous êtes déjà suffisamment dans la merde, vous croyez pas ?

Je lui fit mon petit sourire forcé à damner notre regrettée Mère Thérésa (je donne des cours tous les jours après 19 heures, sauf le dimanche).

- Laissez-moi deviner : menthe givrée? J'adore...

J'ai cru qu'il allait me sauter dessus. Mais on frappa à la porte. Leroux was coming back.

- Messieurs, je crois qu'il serait bon de laisser M. Stephen se reposer, à présent.
- Oui, Docteur : ils me torturent...

Lafond, qui m'avait déjà lâché à contrecœur, ouvrit la bouche. Mais Hochet posa la main sur son bras - ou sa cuisse, pour ce que la différence était marquée :

- Bien, sourit-il poliment.

Puis, se tournant vers moi :

- Reposez-vous bien, M. Stephen. Je vous dis à très bientôt...
- Je vous raccompagne, plaça Leroux.

Puis, suivant la mode :

- Mademoiselle Egnès va s'occuper de vous, M. Stephen.

Et la porte se referma sur faux-cuir et crâne-d'œuf.

« Mlle Egnès » entreprit de changer ma perfusion. L'incompréhension me submergeait. Un témoin ? Mais... Qu'est-ce qui m'échappait ?

— Ah !... Je suis sur le point de m'en souvenir...

— De...?

Je me tournai vers elle. Elle avait la tête baissée sur mon bras gauche.

— Mlle Agnès, c'est ça ?

— Oh... Appelez-moi Hélène.

— Moi, c'est Hulk.

Elle éclata de rire. Magnifique. Et en même temps... *familier*, peut être.

— Euh... Excusez-moi : on s'est déjà rencontré ?

Mais je n'entendis pas la réponse. Elle avait relevé la tête, et je vis ses yeux.

3.

— *Comprenez-moi bien, monsieur Stephen...*

— *Marc.*

Son sourire pénétrant jusque dans ma chair...

Le long de la Seine, les lueurs nocturnes des commerces encore ouverts palliaient à l'insuffisance des quelques lampions du bateau-restaurant, jetant par instants de brefs et vifs éclats sur sa peau si parfaite...

— *Très bien : Comprenez moi, Marc. J'ai besoin de vous pour une chose, et une seule. Une fois cette chose faite, nous n'aurons plus jamais ce type de contact. Suis-je claire ?*

— *Et mon salaire ?*

Son sourire atteignit mes tripes, je crois.

— *Un million d'euros. En quatre versements, comme prévu.*

— *Très claire.*

Elle rit cette fois. Je retins ma respiration.

— *Qu'est-ce que c'est ?*

— *Pardon ?*

— *Cette chose que vous voulez. Qu'est ce que c'est ?*

— *T-t-t-t... Voyons, Marc, vous savez bien que vous le découvrirez en temps voulu.*

— *Dommage.*

— *Pas sûr...*

— *Non, je voulais dire : dommage que l'on ne se voit plus, après...« la chose ».*

Quel rire, Seigneur...

— *J'essaierais bien de transgresser l'interdit, quand même... Juste pour vos yeux. J'adore vos yeux.*

— *N'essayez pas, Marc. J'ai dit que nous n'aurons jamais « ce type de contact ». Mais tentez de me doubler, et je peux vous promettre que ces yeux que vous aimez tant vous suivront partout. Ce n'est que lorsque vous croirez avoir gagné que vous les reverrez.*

A mon tour de sourire. Et puis le silence, comme on n'en savoure qu'une fois dans sa vie. J'avais compris que dalle, mais je m'en foutais.

— *... Pourquoi me regardez-vous ainsi, Marc ?*

— *Moi ? Je vous l'ai dit : j'adore vos yeux. »*

Je m'éveillai en sursaut, mon hideuse chemise blanche plaquée sur mon torse par ma sueur dégoulinante.

Je haletai dans l'obscurité, encore assailli par les flashs. Combien de fois avais-je filmé une scène semblable ? « Me voilà le héro du film, *come on baby.* ». Du coup, autant jusqu'à l'entame du générique de fin.

Du coup, autant sortir de mon lit, enfiler mon jean, mes baskets, mon T-shirt, balancer la chemise en plastique white dans la corbeille, trouver dans ma poche les clefs de ma caisse, mon cran d'arrêt - dans les films, on oublie toujours de fouiller les poches des suspects. En tout cas dans les miens... - mon tube de Mentos, en glisser un dans ma bouche - merci, Lafond... -, et sortir de ma chambre sans que personne ne m'arrête.

Les semelles de mes vieilles Nikes claquaient sur le linoléum tandis que je marchais à toute allure, mon bras sous morphine, dans le couloir désert éclairé aux néons. Devant moi mon ombre dansait, un peu comme... bah ouais, comme dans un film.

A tout moment, je m'attendais à ce qu'une infirmière découvre le lit vide et la perf qui pendait, à entendre « coupé ! » derrière moi. Mais il faut croire que la vie est ironique.

Le guichet de l'Accueil. La pendule que regarde la pauvre femme en me voyant arriver. Minuit et demie, eh oui...

— Bonjour... tenta-t-elle sans trop savoir ce qui allait venir derrière.

Je plaquai mes mains sur le comptoir.

— L'infirmière qui s'occupe de moi. Son nom et son adresse.

— Monsieur...

— *S'il vous plaît.*

Je n'avais jamais entendu ma propre voix aussi ferme. La guichetière tendit la main vers le téléphone beige à sa droite, d'un air inquiet.

— ... Qui êtes-vous, Monsieur ?

Son ton devait se vouloir rassurant, mais il tremblotait lamentablement. Encore une vraie gagnante. Elle décrocha le combiné.

— Écoutez, vous...

Un rictus découvrit mes dents tandis que je l'attrapai par le revers de sa blouse. Je sifflai :

— Son nom !

Apeurée, elle plaqua le combiné contre son oreille.

— Sécurité ?

Erreur. La lame de mon cran d'arrêt jaillit sous son menton et se plaqua sur sa gorge tiède tandis que je l'agrippai par les cheveux pour lui tirai la tête en arrière.

— Vous savez ce qu'on va faire ? Lui demandai-je d'une voix que je parvins à rendre à la fois douceureuse, cruelle, mielleuse, et sadique. Je vais vous dire que je suis Marc Stephen, chambre 312, et vous, vous allez lâcher ce téléphone et vous dépêcher de me donner ce que je veux. Ça me paraît honnête ; qu'est-ce que vous en dites ?

Acteur studio. Elle a lâché le combiné, duquel s'échappait une voix semi-agacée, semi-sévère qui répétait : « Oui ? ...OUI ?! », et a hoché fébrilement sa face de Lune en attrapant un dossier derrière elle, avant de me le tendre. Je l'ouvris et le feuilletai convulsivement.

— OU, MERDE ?!

Littéralement terrorisée, elle me montra une ligne parmi toutes les autres.

Service médicaments matin : Hélène Egnès. « Appelez-moi Hélène... ». Bien sûr.

— Son adresse.

Rien.

— SON ADRESSE !!!

Avec un désormais réel affolement, elle tira un classeur de l'un des tiroirs de son bureau, l'ouvrit en tremblant comme une 4L de 69 au démarrage, et le posa devant moi.

Hélène EGNES
13, Rue Saint Nicolas
76000 ROUEN

« 13 rue Saint Nicolas ». A deux pas de chez moi... Je relevai la tête et fixai ma victime dans les yeux. Je ne saurai jamais ce qu'elle vit dans les miens à cet instant.

— Merci.

En tout cas, elle n'eut pas l'air soulagée lorsque je franchis les grandes portes de verre en courant et m'engouffrai dans la nuit.

4.

J'habitai dans un immeuble nouvel-art, rue Victor Hugo, rive gauche, pas loin à l'Est de leur CHU blanc vomi-de-nouveau-né dégueulasse.

Ma Ford Taurus - on ne peut pas dire que mes films aient tous cartonnés... - clignota « gaiement » - enfin, on se raccroche à ce qu'on peut - lorsque je l'ouvris à distance - Ah!... Les joies des nouvelles technologies... -. Je m'y engouffrai et fus sur le périph' en cinq minutes, montre en main (ce qui était, en passant, une formulation plus que de circonstance, puisque j'avais calculé - ça vaut ce que ça vaut - que le temps que l'hosto prévienne les flics, et que ceux-ci se rendent à mon domicile puis me déclarent officiellement recherché et se lancent à mes trousses, il s'écoulerait approximativement une demi-heure - tout dépend du képi de garde au standard, du fait que Hochet ait donné son numéro perso ou pas à l'hosto... - je ne cessai donc de fixer la petite montre en plastique recyclable rose à 2,50€ que j'avais acheté - ou plutôt échangée contre mon couteau - à un revendeur nocturne d'articles « pas du tout tombés du camion, M'sieur »).

Pas un chat. Pas de chien non plus d'ailleurs. Tiens, mais pourquoi dit-on « chat »? C'est fou, ce sur quoi l'esprit se concentre, dans certaines situations...

Coup d'œil anxieux dans le rétro. Personne. Coup d'œil ravi sur ma montre hyper fashion et trop classe (non, je déconne). Encore 5 minutes. Ces salopards de flics allaient m'attendre chez...

Hélène.

Instinctivement, j'accélérai.

5.

Mlle Egnès vivait dans une charmante petite maison au cœur de ma ville natale, devant laquelle était garée une Twingo bordeaux, inondée par la lumière qui jaillissait de l'une des fenêtres du rez-de-chaussée. Et pas un uniforme, ni même une voiture un peu trop banalisée à perte de vue, « à perte de vue » étant un expression : il faisait nuit.

C'est alors qu'un chat sortit en miaulant de la petite ouverture pratiquée dans la porte à son attention - la chatière, oui, bon... Malgré moi, je souris en claquant ma portière.

Mes doigts heurtèrent sèchement le bois luisant, et, à peine une minute - qui me parut une heure, mais, ha-ha : J'avais ma montre ! - plus tard, un bruit métallique retentit de l'autre côté, et la porte s'entrebâilla seulement, retenue par une petite chaînette dorée. « La sonnette, abruti ! Il fallait utiliser la sonnette! ».

Le joli minois de mon « témoin » apparut dans le mince encadrement.

- Bonjour.

Ses yeux s'écarquillèrent de stupeur. Des lentilles. Elle portait des lentilles de contact.

La porte se referma brusquement, mais je fus plus rapide. D'un coup d'épaule, j'arrachai la chaîne du cadre et repoussai ma proie à l'intérieur, pénétrant dans un hall étroit, carrelé, à l'éclairage tamisé et aux murs recouverts d'un harmonieux papier peint orangé. Un peu dans le style... Oulah, mais on s'en fout.

- C'est très mal poli de refermer la porte au nez des gens, vous savez.

Elle tenta de s'écarter du mur et de bondir dans le corridor, mais je la retins fermement par le coude. Elle se débattit. Je la frappai violemment du revers de la main, et elle s'effondra avec un bruit mat sur le carrelage froid. Je me jetai sur elle.

- Alors, t'as voulu te foutre de ma gueule, hein ?! Pourquoi tu l'as tué, hein ? C'était quoi ton plan ?!! T'en débarrasser et me faire porter le chapeau, c'est ça ?! ...Qu'est ce qu'il t'as fait ?! MAIS QU'EST CE QU'IL T'A FAIT ?!!

Hors de moi, les yeux comme fous, je la cognai convulsivement, tentant de l'attraper par les cheveux et d'atteindre son visage qu'elle protégeait de ses bras en hurlant. Elle me frappa du pied dans le bas-ventre, me forçant à reculer sous l'effet de la surprise et de la douleur. A quatre pattes, elle s'éloigna en gémissant dans le mince couloir, laissant échapper des gouttelettes de sang dans son sillage. Avec un hurlement de rage, je dégainai mon arme - un Beretta neuf millimètres que je conservais dans ma voiture au cas où... je sais pas. Au cas où une salope manipulatrice chercherait à me faire enfermer, par exemple - et me lançai à sa poursuite.

Je débouchai dans un petit salon, canapé en cuir marron, mêmes murs orangés, et télévision HD écran plat. Celle qui m'avait manipulé et avait très certainement gâché ma vie avec une maestria presque scientifique fouillait, en proie à la panique la mieux feinte que j'ai vue, dans le tiroir d'une commode en chêne. Elle poussa un cri lorsque je bondis sur elle, et l'objet qu'elle avait tiré du meuble s'en alla heurter le carrelage et glisser sur deux mètres, jusque sous un fauteuil. Je l'agrippai par ses cheveux blonds et ondulés et lui collai le canon de mon arme sur la joue.

– Avoue, merde ! AVOUE !!!

A cet instant mes yeux tombèrent sur un petit cadre posé sur la commode. Sa photo montrait cette chère Hélène, souriante, aux côtés d'un homme plus grand que moi, dont le visage avait été effacé.

– C'est ça ?! ...C'est lui ?! Tu as bousillé ma vie pour un divorce qui a mal tourné ?!!

Sa voix étonnement calme décupla ma fureur.

– Vous ne pouvez pas comprendre, Marc.

Alors je l'ai frappée à nouveau, de toutes mes forces cette fois, avec la crosse de mon pistolet. Elle a basculé en arrière et a heurté le fauteuil avec une violence inouïe. Je braquai mon arme sur elle et levai le cran de sûreté.

- AVOUE !!!
- Je vous en supplie...
- *Supplie* ? Tu me supplies ?! Mais tu vas crever, putain !!! AVOUE!!!
- Posez votre arme, Marc.

Je tournai la tête, rouge de rage, les veines du cou prêtes à exploser, la mâchoire serée comme les idées du FN.

Régis Hochet était là, neuf millimètres braqué sur mon torse, précédé de Lafond, à un mètre cinquante de moi, et entouré de cagoules noires et de fusils d'assauts.

- C'est fini, maintenant.
- Fini ?! Hurlai-je. Mais non, capitaine, ce sera fini lorsque cette garce avouera devant vous ce qu'elle m'a fait !!

Je retournai mon visage vers elle.

- Eh ben, allez : vas-y !! Qu'est ce que t'attends ? Vas-y !!

De nouveau vers Hochet.

- Il est beau votre témoin, capitaine !
- ...Quel témoin ?

Mon cœur sauta un battement.

- Mais... ELLE !
- Ce n'est pas notre témoin, Marc.

Sa voix était si calme... Plus rien n'avait d'importance, ni de sens. Je hurlai à m'en péter la voix, les larmes aux yeux :

- Mais j'ai reconnu ses yeux, ses putains d'yeux verts !!
- Ses yeux sont gris, Marc.

Je fixai ma victime apeurée, adossée au fauteuil, recroquevillée telle une feuille morte. Un filet de sang s'échappait de ses lèvres, et un autre de l'entaille qu'elle avait sur le front. Son teint cuivré avait viré au blanc, et les larmes inondaient ses joues.

— Ce… ce sont des lentilles, bégayai-je. Les larmes vont les ôter, vous allez voir ! ...Vous allez voir...

Je la fixai, mes larmes à moi débordant de mes paupières en feu. Elle plongea ses yeux dans les miens, et je vis dans son regard une peur et une souffrance si sincères qu'un grand vide se fit en moi. Là, juste comme ça, d'un seul coup. De tout, à plus rien du tout. Comment avais-je pu en arriver là ? Lentement, j'abaissai mon arme. Mon bras me faisait atrocement mal à présent. Hochet avait raison. C'était fini. Je baissai la tête tandis que le GIGN se rapprochait lentement. C'était fini.

Alors, tout se passa très vite. Je vis le regard d'Egnès changer, et cette haine de tueuse s'y allumer tandis qu'elle sortait son arme de sous le fauteuil. D'un seul coup, toute ma rage me réinvestit. Je revis mon collègue flippant en étalant son riche lexique au volant, la vitre de la Mercedes-Benz qui volait en éclat, les yeux verts dans le noir. Le noir...

Un rictus découvrit mes dents, et je levai mon arme à une vitesse qui surprit tout le monde dans la pièce. La détonation déchira l'air.

C'était fini.

5.

Je suis ici depuis trois ans aujourd'hui. Je me suis même habitué au blanc. Le blanc reflète la lumière.

Trois ans... Parfois, je repense à tout ça, au pourquoi du comment j'en suis arrivé là. « Mais il ne faut pas », ont dit les médecins. D'ailleurs, ils ont raison. Maintenant, tout ça est flou, tout ça est lointain.

« Schizophrène », ils ont dit. Peut-être que c'est vrai, après tout ; peut-être que ses yeux étaient vraiment gris ;peut-être qu'elle n'avait que son téléphone portable dans la main, peut-être que ce n'était que son frère sur la photo ; peut-être...

« Paraplégique », ils ont dit. Eh oui, si Lafond ne faisait que jouer au dur, Hochet, lui, n'a pas hésité. « Une balle de neuf millimètres entre la sixième et la septième vertèbre ». J'ai lu dans le journal qu'il était commandant, à présent. Lafond, je ne sais pas.

Bien sûr, j'ai dit sur mon lit d'hôpital, shooté par les médocs, qu'elle m'avait engagé pour me rendre avec cet homme à Paris, m'avait donné une Mercedes et un 44, et qu'un 4x4 nous avait pris en chasse... Mais aujourd'hui, je ne sais plus bien, c'est vrai aussi...

« Il n'est pas maître de lui-même » a déclaré l'expert au procès. Je n'y étais pas, on me l'a raconté. « Mieux vaut l'H.P. plutôt que la prison ; il recevra des soins adéquates, Monsieur le juge... ».

Ils ont eu raison : aujourd'hui, grâce aux médocs, je vais mieux. Je pourrai peut être sortir d'ici deux ans, m'a dit l'infirmière. Je l'aime bien, l'infirmière, elle est gentille.

— Tout va bien, Marc ?

Je la regarde. Elle me sourit. Parfois, la balle que je me suis apparemment tirée moi même dans le bras me fait encore souffrir. Mais tout cela n'a plus d'importance, à présent. C'est le passé. Son sourire à elle pénètre jusque dans ma chair meurtrie. C'est l'avenir.

6.

— Marc, tu viendras mettre la table ?

Je souris. J'ai mis du temps à m'y habituer, mais maintenant, avec la rampe aménagée, je fais avancer mon fauteuil jusqu'à la cuisine en trois minutes, montre en main, et dispose les assiettes en pensant à mon bonheur.

J'aime bien vivre ici. De la vieille ville à la baie de Somme, j'ai le sentiment d'avoir vécu plusieurs vies dans cette région... Nous avons une Ford Taurus, une idée d'Hélène. J'étais plus attiré par une Mercedes, un 4×4, mais elle n'a pas voulu. Elle dit que pour circuler dans la banlieue de Rouen, ça n'est absolument pas une nécessité. Et elle a raison. Nous avons aussi un chat. A chaque fois que je l'aperçois, je souris, allez savoir pourquoi.

La moitié des murs de la cuisine est recouverte de papier peint orangé. Hélène adore. L'autre moitié est peinte en blanc. Pour moi. Je trouve que ça reflète mieux la lumière...

— Marc ?

Je tourne la tête vers elle. Son sourire me fait toujours le même effet.

— A quoi est-ce que tu penses ?

Ses yeux me fixent. Par dessus tout, ce sont eux que je préfère. Je n'ai quasiment plus le moindre souvenir du combat que j'ai dû mener durant quatre ans, ni des causes réelles de celui-ci. Mais j'ai l'impression que ces yeux ont toujours été là. Et aujourd'hui, alors que je pense avoir enfin gagné, je les vois.

Origami

* *

Sujet : *Lancement du forum*

Le *10/01/2008*
Par ***Origamiste***

"Origami". Du japonais "ori", *plier*, et "gami", *papier.* Conventionnellement " l'art japonais du pliage de papier".

Larousse ou *Robert* pourront bien affirmer ce qu'ils veulent, l'origami est bien plus que "l'art japonais du pliage de papier".

Au départ, et pour les chinois qui l'auraient inventé, peut-être. Mais les "arts du papier", regroupés sous le terme de "Chiyogami", se sont mis au fil des siècles à signifier toute autre chose pour les rares initiés qui, au delà de l'aptitude à imprimer des formes durables à un matériau maléable, ont fait de l'*art* un moyen d'expression, de pureté par delà les frontières de la vie ou de la mort, un concept inatteignable à tout autre que ces privilégiés.

Ainsi, chers initiés, je vous propose à travers cet espace unique d'accéder à l'essence même de l'*art*, et d'entrer dans la restreinte classe, si vous le pouvez, des *maîtres*.

...Mais je ne vous écrirai pas "pour en découvrir tous les secrets", car seuls les élus le pourront...

* * *

Rapport d'autopsie définitif relatif à l'assassinat du 19/01/2008, examens préliminaires et complémentaires du Docteur H. Jefferson, Unité Médico-Judiciaire du Havre.

[...]

- <u>Conclusions du médecin légiste</u> :

L'acharnement de l'être, quel qu'il soit, à modifier la définition même *du corps de cette jeune femme glacerait le sang de beaucoup. Ici il ne semble pas y avoir mobile, intention, ni même émotion. Il s'agit là d'une recherche. D'un acte froid et impénétrable, au delà des concepts même de vie ou de mort.*

Si certains bureaucrates zélés trouvent la non-conventionnalité de ces conclusions trop poussée, ils seront sans doute repus par ceci:

Cette jeune personne a été pliée, *au sens le plus* artistique *du terme, et c'est là la seule et unique cause de son décès.*

Il n'y a rien d'autre à ajouter, messieurs les bureaucrates.

- <u>Note personnelle, à M. A. Delmarre, Commandant de la Brigade Criminelle de l'arrondissement du Havre :</u>

Commandant, je me dois de vous préciser qu'il y a dans ce ... travail autre chose qu'un meutre comme vous en avez résolu des centaines.

Cependant, dans les faits, il s'agit j'en conviens bien d'un meutre, et je sais que vous n'êtes plus séparé que par deux dérisoires années d'une retraite bien méritée. Mais si cette enquête n'en est pas vraiment une, si les réponses sont à chercher ailleurs, et avec d'autres méthodes, d'autres convictions *que celle de la police proprement dite, alors une seule personne DOIT la mener. Vous m'avez à de nombreuses reprises accordé votre confiance par le passé.*

Ceci n'est que le conseil assuré d'un ami.

Hervé Jefferson

* * *

Objet : *une décision longuement réfléchie...*
à : *Guillaumeperle@hotmail.fr*

J'ai eu Jeffy au téléphone ce matin, et cette vieille branche a enfin explicité à l'oral ce qu'il sous-entendait par écrit.

Il y aura d'autres meurtres, Guillaume. D'autres "oeuvres d'art", selon lui. Vous savez bien que si cela n'avait tenu qu'à moi, c'est vous, comme je l'avait décrété en premier lieu, qui auriez mené cette enquête.

Mais Jeffy est là depuis plus longtemps que moi, et il peut faire exercer des pressions par ses amis du Ministère pour que vous-savez-qui reprenne le dossier. De plus les élections municipales approchent à grands pas, et dans l'entourage de M. Rufenacht on on ne veut pas de vagues. Je voulais vous prévenir avant que la décision ne tombe d'au-dessus.

En tous les cas, Guillaume, soyez d'ores et déjà assuré que, malgré cela, votre promotion au grade de capitaine passe dès maintenant dans la catégorie "priorité". Jeffy ne peut pas m'emmerder là-dessus. Encore que...

Mais venez dîner, un de ces quatre, à la maison. Cathy et moi serions ravis de vous accueillir, Elisabeth, vous et les enfants.

        Amicalement,

              Alain D.

* * *

Sujet : *prendre part à "l'initiation"*...

Le *18/01/2008*
Par *l'Enquêteur*

...Bonjour. Bonjour à tous.

En regardant la liste des principaux intervenants de cet "espace privilégié", j'y ai surtout vu quatre noms : *Alizée*, *Satan24*, et ce cher administrateur, *Origamiste*.

...J'ai écrit " quatre " ? Oh ! Alors attendez : disons que j'y VERRAI prochainement quatre noms. Dont le mien.

Eh oui, désormais vous allez m'avoir constamment sur le dos. Les "initiés" comptent un nouvel élu.

Constamment.

Ce que je trouve diablement amusant, c'est qu'au vu de nos profils nous sommes tous quatre localisés sur le Havre. Rien d'étonnant : quoi de mieux que ce Havre de apix et d'inspiration, pour plonger dans la mer des secrtes du papier depuis le port, hum ?

Au lieu de "l'Enquêteur", vous pourrez m'appeler "l'Historien". Tiens, au fait, *Origamiste*, tu as oublié de préciser dans ta chouette petite intro que les "arts du papiers" (Chiyogami) , contenant par exemple *Kirigami*, "l'art du papier découpé", seraient apparus, en chine certes, au VIeme siècle, sous la dynastie des *Han de l'Ouest*, importés a Koguryo par des moines bouddhistes, avant d'"exploser" au Japon durant l'Ere *Edo*; qui s'est étendue de 1603 à 1867. Mais je suis convaincu que cela t'est sorti de la tête au moment de nous écrire... ;-)

Vous l'aurez compris, mon but est de traquer, pourchasser, *révéler* cette vérité au coeur même de l'Origami. Et même si cette vérité doit englober l'un d'entre vous dans son sein, ou vous englober tous....

* * *

objet : *au sujet de votre note...*
à : *A.Delmarre@orange.fr*

... Commandant !

Comme il me fut agréable, arrivé ce matin devant la porte de mon bureau - dans lequel vous trouvez toujours que je "n'y fous jamais les pieds, bordel !" - de trouver votre petit mot écrit visiblement avec joie, et scotché avec, visiblement - un peu trop... - un entrain quasi malsain...

"Etes sur l'affaire du pliage. Carte blanche, évidemment. Si bavure, ce sera la dernière [...]"

...Quel sens de la formule! ...Si vous saviez comme je n'ai pas le droit à l'erreur, cette fois...

Et puis il y a votre succulente allusion ironique à mon "talent inné pour l'infiltration, jusqu'à "ses limites les plus reculées"...".

Allons, Commandant ! Cette fois je ne vous decevrai pas, soyez en sûr ; vous serez au-dessus de cela... D'ailleurs je pense même vous suprendre !

Oh, mais Diable ; déjà cette heure ! Je vais vous laisser aller dîner... J'imagine que cette chère Catherine a dû garder au frigo les restes de la traditionnelle dinde de Noël... Elle la réussit si bien... Et puis ça change du maquereau ! Dites, Commandant : vous m'en garderez un morceau, n'est-ce pas ?

D.R

* * *

Sujet: *Tout prétendant sera accepté*
Le *21/01/2008*
Par **Origamiste**

Cher Enquêteur, vous êtes évidemment le bienvenu... Mais j'espère pour vous que votre apparente assurance cache une réelle et profonde aptitude à l'initiation, car moi j'en doute...

Quoi qu'il en soit, merci pour ces précisions "historiques", d'une si grande valeur dans notre quête...

Au devenir,

Origamiste

* * *

Sujet : *Sois le bienvenu !*

Le *23/01/2008*
Par *Alizée*

Slt à toi l'Enquêteur !
J'espère que tu apporteras bien des réponses à toutes nos questions ! Mdr.

Oh ! A propos : je suis coincée pour dégager le pli à l'étape 17 de la Mante Religieuse, modèle de Robert J.Lang - enfin c'est l'étape 17 sur mon bouquin... J'ai été faire un tour sur le port, mais ça ne m'a pas inspirée plus que ça ! ... quelqu'un peut-il m'aider ?

Toujours en souriant,

Alizée.

* * *

Sujet : Re : *Sois le bienvenu !*
Le *23/01/2008*
Par **Origamiste**

Ah, Alizée!... Un vrai vent de fraîcheur...

Tu as raison de poser des questions ; c'est un bon début pour avancer sur la voie de la connaissance. Et peut-être qu'un jour tu seras prête...

Pour le modéle de Lang, je vais te poster une vidéo pour que tu vois comment je fais - Le secret, c'est les trombones ; mais chut !

Persévérance montre le Chemin.

Origamiste

* * *

Sujet : *Est-il sur la voie ?*
le *27/01/2008*
Par **Santan24**

Le tueur aux Origamis récidive

Dans la nuit du 24 au 25, Marie Hélène, jeune femme de vingt-trois ans, a été sauvagement assasinée à son domicile du 19, rue du Poète, au Havre. La position de ses avant-bras, déboités vers l'arrière, donne à penser que le meurtrier a cherché à leur imprimer une forme encore indéterminée.

Devant la barbarie sans égale de ce crime, le tout neuf sous-préfet du Havre, Gilles Lagarde, reste muet. Les policiers s'interrogent. A cette heure, les seuls indices retrouvés près du corps sont un pliage d'origami inachevé, et sur lequel on a planté des trombones de façons désordonnée, et une boîte de ces même trombones, renversée sur le lit de la victime [...]

* * *

Objet : *rapport d'enquête...*
à: *A.Delmarre@orange.fr*

Cher Commandant,

Avant même que vous n'abattiez sur ma malheureuse personne les foudres de votre ignorance frustrée, je vous délivre - par mail, eh oui - mon premier rapport d'enquête - et aussi parce que, tête en l'air comme je suis, vous risquez de longtemps réclamer le deuxime - que voici :

... Ma mission d'infiltration avance bien. ;-)

Ne vous inquiétez surtout pas, Commandant. Désormais les choses s'enchaîneront d'elles-même...
D.R

* * *

Sujet : *Intéressant...*

Le *29/01/2008*
Par *l'Enquêteur*

Tiens, mais tu me voles mon boulot, Satan24 ! L'Informateur Suprême, normalement, c'est moi ! ;-)

Il est tout de même malheureux que la seule fois où tu te décides à nous faire la joie de ta présence sur le forum, c'est pour nous donner le copié-collé d'un article de *Libération*...

Ah ! Au fait, Alizée : dégage les parties qui seront plus tard les ailes avec un cure-dent, ou un mikado ; visiblement les trombones ne fonctionnent pas terrible...

Et si tu descends sur le port, va au *Bistrot du P'tit Port* ; ils font une escalope de dinde pannée, c'est l'inspiration qui te fond dans la bouche !

Cdt,
l'Enquêteur

*   *   *

Sujet: ....*Meeerciiii !!!*
Le *31/01/2008*
Par *Alizée*

... Oui, tu as raison : les trombones c'est pas top... Mais les mikados, c'est génial!

... Je vais réussir, maintenant, c'est sûr !

So Merci, merci, merciii !!!...

P.S. : J'adore l'escalope de dinde !!!!!!!!!

Toujours en souriant,

Alizée.

* * *

Sujet : *Je ne fais pas d'erreur.*
Le *31/01/2008*
Par ***Origamiste***

Les trombones fonctionnent très bien !

Alizée, tu me déçois énormément. Comment peux-tu remettre en cause l'efficacité de mes conseils, pour ces aberrations de mikados !

Puisqu'il faut une démonstration aux pauvres apprentis que vous êtes, alors je vous prouverai que l'on peut réussir parfaitemant la Mante de Lang selon MA méthode !

* * *

Toulouse, le 11/03/2008

Cher Henry,

... ça y est ! J'ai enfin pris les vancances que je me refusais à prendre depuis des lustres! Ce qui est amusant, c'est qu'autant tout le monde me tannait avec ces foutus congés et avec ma santé, comme quoi il ne fallait pas "trop tirer sur la corde non plus" il y a quelques années, autant maintenant, à quelques mois de la retraite, tout le monde trouve débile que je les prenne, mes vacances... Les gens ne comprennent pas. Mais vous Henry, je sais que vous me comprenez.

C'est amusant, cette expression, "des lustres que". ... Pourquoi pas "des bougies que" ou "des ampoules que", hum ? Ou bien même "des ânes que", ou "des saucisses que" ? ... Ciel, je deviens comme votre enquêteur fétiche.

Cela me tracasse Henry. Inutile de continuer à blablater des conneries : je ne vous avais plus écrit depuis 1991 ; la vraie raison, c'est ça...

A l'époque on s'était brouillé parce que, pour ne pas replonger dans les détails sordides, disons que vous privilégiez plus les hommes, et moins les résultats...

- Notez que j'ai écrit "plus", pas "trop" - ; moi c'était l'inverse. Et voilà où ça nous à mené. Moi, à huit mois de la retraite, à craindre, à me pourrir la vie - oui, me pourrir la vie, Henry - pour l'idée que les résultats prennent trop le pas sur le reste.

D.R. m'a envoyé trois rapports bidons, dont deux par mail, et un sous la forme d'une page de calepin arrachée et griffonnée au crayon à papier, glissée sous la porte de mon bureau, sans que personnes ne remarque rien. Un fantôme, comme d'habitude.

Et puis plus rien, depuis un mois. Depuis le troisième meurtre. Tant mieux. Cette saloperie me fait peur, Henry. Ce n'est pas mon genre, mais tant pis pour l'affaire, tant pis, pourvu qu'on n'en entende plus parler.

Je suis à huit mois de la quille, Henry, huit mois, et mon métier m'a passionné autant que vous le vôtre. Soyez-en sûr.

      Amicalement,
         Alain

P.S. : J'aimerais que pour une fois, nous nous adressions la parole, lundi, au café. Une fois n'est pas coutume...

      *   *   *

Sujet : ... *Et ça ?*
Le *02/02/2008*
Par **Satant24**

Je suppose que vous avez tous lu dans la presse les exploits de notre maître à tous en matière d'Origami. Sans aucune aide extérieure, les plis parfaits... Le choix du matériau également.

... Une gamine de onze ans.

      *   *   *

Sujet: ...
Le *03/02/2008*
Par l'*Enquêteur*

Oui, certains initiés sont passés Maîtres. Un au moins, on dirait...

... Le coup des trombones était nécessaire à des débutants. Et si Origamiste n'était pas un vrai Maître ? Si nous pouvions trouver la lumière sans lui ?

...

;-)

* * *

Sujet : Re: ...
Le *03/02/2008*
Par **Santan24**

Parfaitement d'accord avec toi. Visiblement le chemin qu'Origamiste veut nous faire prendre n'est pas celui de la réussite dans l'entreprise que nous sommes fixés. Il ne nous a pas apporté les preuves que nous étions en droit d'attendre. L'Art est ailleurs ; à moi - à *nous* de continuer à le traquer.

* * *

Objet : *Mes inquiétudes fondées...*
à : *A.Delmarre@orange.fr*

Commandant Delmarre, les mauvaises langues - dont vous, je ne saurais l'ignorer - diront encore que le fait que je ne vous apprécie guère me pousse encore et toujours à vous mettres des bâtons dans les roues. Elles diront bien ce qu'elles voudront, et je leur ferai remarquer que depuis que j'ai pris mes fonctions, vous avez sans encombre atteint le grade de commandant - je n'évoquerai pas la question du mérite ici -, et que vous allez sous peu, à cinquante-cinq ans, prendre une bonne et je l'espère heureuse retraite - toujours sans évocation de la question du mérite...

Mais ne vous laissez surtout pas aller à penser que cela vous garantit la tranquillité de bâcler votre dernière affaire sérieuse.

Vous avez sans doute eu vent - et sans doute eu connaissance - de l'article qu'un de ces fouilles-merdes de journaliste a écrit avant-hier dans *Libération*, en ressortant l'affaire du tueur aux origami. Quatre mois qu'il n'y a plus eu de meutre, ni rien de nouveau, et cette histoire est en train de devenir le symbole du nouveau cheval de bataille de ces fumiers de la presse : la tombée en désuétude des affaires non résolues par l'incompétence de la police nationale.

Puisque je suppose qu'il serait trop vous demander de surveiller votre service, et notamment la circulation des informations internes a celui-ci - et donc de savoir qui chez vous a été relancer cette saloperie de gratte-papier si bien informé -, je vous prierai instamment de boucler ce dossier avant de partir pour les longues journées de pêche et de scrabble avec le deuxième membre de "l'inséparable duo" selon les journaux, le légiste Jefferson. Et si possible même avant le mois prochain, où vous attends une échéance capitale : les élections. Cette affaire fait du bruit, les gens parlent... Et il me semble que les projets que vous avez pour certains membres de votre future belle-famille ont tout intérêt à voir Antoine Rufenacht réélu...

Comprenez, je n'aimerai pas qu'on vienne encore dire que je vous mets des bâtons dans les roues...

Pour la dernière fois je l'espère,

Le Sous-Préfet Lagarde.

* * *

Sujet : Re : ...
Le *04/02/2008*
Par ***Origamiste***

Je suis le Maître incontesté, ici, et je ne permettrai à personne de venir prétendre le contraire ! Pour qui vous prenez vous, bande de misérables apprentis, disciples sans aucune idée de la voie à suivre ?!

Ne me mettez pas en colère, ou vous le regretterez...

* * *

Sujet : Re : ...
Le *04/02/2008*
Par *Alizée*

... Allons, allons, allooons !

... Calmons-nous, voyon s! Ce n'est pas en nous désunissant que nous atteindrons notre but, à savoir la perfection ! Mais je constate que personne ici ne va dans le même sens... Je suis très déçue.

Pour ma part, je trouve qu'il est vrai qu'Origamiste ne nous a pas totalement rassuré sur ses capacités à nous guider vers la lumière, et je pense être autant capable que vous tous à tendre vers elle. Je propose donc, puisqu'entraide est impossible, compétition. Le premier qui parviendra au modèle de perfection le plus idéal possible selon l'avis général l'emportera.

... Alors ?

Toujours en souriant,

Alizée.

* * *

Sujet: Re: ...
Le *04/02/2008*
Par *Satan24*

Entendu.

Satan24.

* * *

Objet : *il est tant pour moi de vous prendre de vitesse.*
à : *A.Delmarre@orange.fr*

Cher Commandant,

Comme annoncé dans l'objet de ce message, il est tant pour moi d'anticiper votre décision, et de me retirer. Le moment était de toute façon venu, mon travail touchant à sa fin. Que ce cher sous-préfet se rassure, la personne que vous nommerez, avec la rageuse impression d'avoir perdu quatre mois, pour sauver votre retraite ainsi que l'avancement du lieutenant Perle terminera, je n'ai aucun doute là-dessus, le travail que j'ai si bien commencé.

C'est donc là mon dernier rapport à votre adresse, et je pense également le dernier contact que nous aurons. Je vous avais promis une surprise, et n'ayez crainte, je tiens TOUJOURS mes promesses.

Je vous souhaite une agréable retraite, et, n'oubliez pas, quoi que vous fassiez par la suite, faites le toujours en souriant.

D.R.

* * *

Sujet: Re: ...
Le *05/02/2008*
Par *l'Enquêteur*

Ca marche.

L'enquêteur

* * *

Slt ma poule! Mdr

Je marque "mdr", mais je tassure quil ny a abslt rien de drole.

Ca yest, cest officiel ; Delmarre et Jeff ont été mis en examen ce matin pour "implication présumée" dans l'affaire du tueur aux origamis.

Put*** Dom, mn beau-père ! Ca me fait mal, mais jdevais faire mon job.

Jsais pas si tu tsouviens, mais qd on sest rencontré, tu mas dit que quoi quje fasse, l'honneur et la conscience étaient des conneries, quil yaurait tjrs qqun pour tirer les ficelles au-dessus dmoi. Bah tu vois jcrois b1 qutavais raison, Dom.

Tu vois, c comme si cétait trop beau, trop facile... Des mois quon patauge, et là, Clac ; fini. Jy crois pas trop, mais jpeux rien faire d'autre, Lagarde est ravi, il veut rien entendre. Ni voir, d'ailleurs. Et jte parle mm pas du maire...

Pfff ! Lagarde. Le seul mec qui signe "le Sous-Préfet Lagarde" quand il t'envoie un mail de félicitations.

Enfl bn, jdevrais pas t'apprendre tt ça, mais on sest tjrs tt dit, pas vrai ?

... Et pis c'est quand même grâce à toi. Tu mas juste dit cme ça, en passant, que t'avais vu Delmarre dans le café où t'allais, pis boum. Ca et le message de leur fin limier, là... Jsais m^ pas si cest un mec ou une gonzesse !

Tjrs est-il quil m'a filé l'adresse dun forum super intéressant.

4 membres hypers actifs: Origamiste, l'admin; Satan24, un taré avec un profil bourré de citations bizarres; Alizée, et un autre, l'Enquêteur. Une joyeuse bande de barrés. On a trouvé des propos qui pourraient avoir un lien avec les meurtres, au vu des dates, et puis cme Delmarre et Jeff allaient ts les 2 dans lcafé, et quon a chopé une passionnée de pliage qui s'appelle Alizée et qui passe sa vie sur les écrans là-bas...

Bn, Alain et Jeff s'adressaient jamais la parole selon plusieurs témoins, et on peut pas prouver qu'ils ont utilisé les postes aux horaires cherchées, vu qule patron tient pas dregistre, et qules ordis sont au fd du bistrot... Personne est avec eux, souvent ; ils viennent ap. leur service... Et pis le tenant a pu ns dire qu'il avait vu Alain une fois se connecter. Lui ma dit en privé que c'était juste pour m'envoyer le mail de nomination sur l'affaire. L'autre venait de se barrer... A croire que cest Fantomas, cui-là : impossible de trouver quoi quce soit sur lui - ou elle. Dans le mail qu'il ma envoyé, il - ou elle ! - a juste terminé par ";-)", et signé "D.R.". Le pire c'est qule nom du Cyber café, c'est ";-)", justement ; comme un smailey ! Et sur 4 membres, on nen a que 3 présumés, sans savoir qui est qui! Cest un truc de dingue, Dom. Un truc de dingue.

Bref lagarde a quasiment bouclé l'affaire tout seul. Et jvais passer capitaine. Jeff et Delmarre veulent pas parler, ils disent juste qu'ils sont pas surpris, et demandent tt ltemps à se causer, comme s'ils venaient dse trouver ap des années dséparation. C'est un peu ça tu mdiras... En plus, ils ont presque lair heureux. La ptite dit ri1 nn plus, à cause de son avocat.

Jsuis quand m^ inquiet : m^ si on a pas grd chose, la presse s'est emparé dlaffaire à cause dun informateur bidon, et les jurés risquent de pas etre tendres, surtout si ils se défendent pas...

Lisa est cme moi, elle comprend ri１. On na encore rien dit aux gosses ; ils adorent leur grand-père...

Bn, faut que j'arrête avc mes textos à rallonge moi ! XD

Quand mm, j'aimerais tellement savoir qui cest, ce D.R... Cmt on peut être aussi tordu, tu mexpliques ? Mais on ma fait comprendre que javais interêt à oublier tt ça. Lagarde. Mais c'est Rufenacht qui est derrière ça. Delmarre, il avait pas que des amis...

Au fait, tu bosses dans l'art, mais ds quelle branche exactement? Tu mas jamais dit... Tu ty connais en origami ? lol. J'essaie de dédramatiser...

Bn, tu te souviens que tu viens manger à la maison ce soir ? Lisa t'a fait de la dinde ; c'est pas Noël, mais elle sait que tu adores ça... Et que tu peux pas blairer le poisson. Toublies pas, hein ? ... Tfaçon jsais même pas pq jminquiète ; tu tiens TOUJOURS tes promesses, c'est bien ça ? MDR

Allez, à ce soir, Renoir.

Bises,

Guillaume.

* * *

Sujet : Re : ...
Le *06/02/2008*

..... Okay.

          Origamiste

          * * *

objet : *Nomination au grade de capitaine*

à : *Guillaumeperle@hotmail.fr*

  Cher lieutenant,
 C'est officieusement que je vous confirme que vous serez dans quelques jours officiellement intronisé au grade de capitaine de la police nationale, en partie pour votre brillante et jeune carrière, mais aussi et surtout pour votre précieuse aide dans l'affaire du tueur aux origamis. Il va de soi que j'appuyerai toute demande de mutation que vous pourrez faire pour travailler plus près de votre domicile, à Montvilliers, je crois, où resident votre charmante épouse, et vos deux adorables enfants.
 Préparez dès maintenant le discours que vous adresserez prochainement (c'est l'affaire d'une semaine ou deux, le temps de régler toute la paperasse ; vous savez ce que c'est...) à vos collègues.
 Je vous adresse une nouvelle fois toutes mes félicitations.
       Sincèrement,
           Le Sous-Préfet Lagarde.

* * *

Sujet : *Clôture du forum*
par : **police informatique**

A tous les membres de ce forum, le département Recherches et Investigations du Net de la Police Nationale est contraint d'annoncer sa fermeture, retenu comme pièce à conviction dans une affaire de la plus haute importance.

Avec toutes nos excuses,

La Police Informatique.

De la Lune à la Terre

L'Univers, avec un « U » majuscule, est immense.

L'Univers, avec un « U » majuscule, est inimaginable, incommensurable. Impensable. Mais tentez une seconde, une minute, si vous le pouvez, de vous imaginer là, conscience flottante, nimbée de ténèbres et de vide sidéral à perte de sensation, flottant dans cette immensité cosmique, au gré de nulle force, poussée par nulle chose descriptible.

Les points de repères sont les astres, des milliers, millions, milliards de lumières, plus loin que vous ne pourriez l'imaginer, le compter. Le penser. Et vous êtes là, dans la nuit infinie, porté par rien, écrasé, englobé, intégré par un silence comme vous n'en avez jamais connu, un silence qui n'existe pas là d'où ceux qui peuvent se représenter notre situation viennent.

Et puis nous plongeons. De façon vertigineuse et inhumaine, nous nous engouffrons à la vitesse de la lumière au cœur des galaxies, dans un tunnel interstellaire, et tout n'est plus qu'ombre et lumière, que nuit et jour.

C'est une fois encore indescriptible, et c'est tant mieux, car certaines choses doivent l'être pour que nous existions tout entiers, et car nous en sortons.

Devant nous - « nous » impalpable, ce « nous » entité subconsciente, presque ectoplasmique - se « tient » la Terre. En la surprésence de ce globe azur, lumineux, l'expression « la planète bleue » semble soudain prendre tout son sens. Elle est là, si loin qu'on ne peut la toucher, qu'on ne peut concevoir y avoir un jour été rattaché, et si près, si près qu'on peut y distinguer l'Afrique, terre de sienne, ocre, verte, lumineuse, surplombée au Nord par la suprême petitesse de l'Europe, qui, elle, disparaît sous la nébuleuse masse nuageuse de l'atmosphère. Et toujours ce silence contemplatif, le silence qui accueille la même scène sur l'écran du planétarium, ici, juste ici, si loin là-bas, à Poitiers, sur la surface brillante appelée France.

Vu d'en haut, c'est une ville, et c'est tout. Une ville comme il y en a des centaines dans la France brillante, sur la surface de la si azurée planète bleue, et peut-être ailleurs dans l'Univers avec un « U » majuscule. Toujours dans ce silence de début de séance au cinéma, la ville ne dort pas. Vous y voyez, vaguement, les automobiles y circuler dans un balai ininterrompu. Vous y devinez, brièvement, les piétons marcher, les jeunes pressés et enjoués, les vieux fourbus et dépassés, les entre-deux-âges aussi. Vous y plongez, et cette fois les couleurs se mêlent - car cette fois couleurs il y a - dans un miasme qui brouille vos perceptions extra-sensorielles éphémères. Zoom maximum, et nous voilà en train de fixer le toit blanc sale du lycée Bois d'Amour.

Traverser un mur - et à plus forte raison un toit - est, vous ne vous en apercevez que maintenant, une sensation extraordinaire. On se fond dans la matière, on *devient* la matière, on est peinture, puis béton, puis laine de verre, puis de nouveau peinture, et puis on *émerge en-dedans*.

En-dedans d'une salle de classe, exactement. Celle des premières ES 3. Ici, dans le si petit, le si proche et le si intime après le tout grand, le grand distant et le surpuissant, il n'y a toujours pas de bruit. De nouveau, l'écran de cinéma. Vous le visualisez. La caméra passe d'une tête blonde affairée à une tête brune en l'air qui mâchonne son bic noir, et vous avez presque l'impression, dans ce silence pesant, intense, presque bourdonnant qui accompagne chaque plan, d'entrevoir les tâches sombres qui apparaissent tantôt sur la toile, trous de lumière dans les vieilles salles de projection.

Gros plan sur une main lisse et jeune, dont le quatre-couleurs s'active sur la copie. Il la gratte, et vous entendez le grattement, omniprésent, amplifié, comme au cinéma. A présent les sons sont là, dans le film que vous tournez. Un élève roux se gratte la tête avec son effaceur. *Scratch, scratch*. Un autre fouille dans sa trousse, et le bruissement de ce qui l'emplit vous est perceptible. Tous, ils travaillent.

Plan cadre sur le professeur. Trente-cinq ans environ, lunettes austères cerclées de noir mais visage assez doux, il sera prochainement atteint d'une calvitie précoce, car, et cela vous frappe étrangement, comme un détail parmi tant d'autres, son front ainsi que le dessus de son crâne commencent à se dégarnir. Il jette un œil furtif à sa classe, et, alors que, sans même savoir pourquoi, il se demande fugacement d'où peut bien provenir l'expression « jeter un œil », et pourquoi, tout professeur de français qu'il est, il l'ignore et l'ignorera sans doute toujours, revient sur le tas de copies à demi corrigé devant lui, avant de s'attarder un peu plus sur le stylo rouge qu'il tient dans sa main. Il s'ennuie. Il ne l'admettra pas, car un professeur ne baille pas aux corneilles, car, c'est bien connu, il a à peine assez de temps pour tout ce qu'il a à faire, car...

Il regarde la montre suisse à son poignet - certainement un cadeau de son épouse, la même qui lui a passé l'alliance brillante qui ceint son annuaire gauche. Ou peut-être pas. 9 h 41. Ces chiffres vous apparaissent clairement, comme prononcée par une voix grave et calme, comme si vous étiez dans sa tête. Il a encore du temps à tuer, alors, en se demandant pourquoi l'on dit « du temps à tuer », il revient sur son stylo.

Il lève ses yeux las de contemplation d'encre pourprée vers le plafond, et nous nous élevons derechef. C'est cette fois sans surprise que nous traversons le plafond, et comme cette étrangeté nous est connue, elle nous paraît rapide, comme une simple étape, une transition vers l'au-delà que l'on se prépare déjà à rejoindre.

Toujours en silence, la cloche du bahut, vu du ciel, sonne, et les élèves, hagards, maussades, brumeux, rarement surexcités, se coulent, se précipitent ou se ruent vers le self pour la trop banale pause déjeuner. Mais déjà Poitiers par en haut. Grande, grise et lumineuse, terne et agitée, en un mot « ville »...

« Europe ». Qu'elle est belle cette congrégation d'états, qu'il est beau cette assemblage de nations... Pas autant que ce qu'il évoque cependant. Une force indicible, un but commun, une fraternité... Trop tard. Devant nous se tient le globe. « Planète ». La Planète Bleue. ...

Tout va trop vite à présent. Nous sommes perdus, comme aspirés par le néant. La sensation de se fondre dans l'Infini, de perdre toute forme de sensation distincte, est elle inédite. Vous n'avez plus le temps ni de sentir ni d'être, et vous vous raccrochez aux étoiles, ces astres mouvants, brassés, mélangés, qui sont vos seuls points de repères.

Et puis, il n'y a plus rien.

* * *

Transperçant la frondaison ternie comme autant de dards d'une douceur satinée, les rayons chauds du soleil viennent éclairer l'architecture noueuse de ce qui semble être une habitation. Cette impression vous est confirmée lorsque, déplaçant un panneau d'un matériau dur et qu'on n'aurait pu deviner, en sort un homme. De l'angle de perception que vous avez, il est impossible de dire si cet homme est grand ou petit, mais alors qu'il s'étire il semble bien bâti, à la seule objection que, si l'on devine ses muscles saillants sous sa chemise de toile beige grossièrement taillée et si les traits de son visage, soudain illuminés par les traits solaires de ce clair matin - d'automne sûrement, bien que vous n'êtes pas en mesure de ressentir la température de l'air ambiant pour confirmer ce sentiment -, jeunes et harmonieux, quoique soucieux et sévères, ressemblent à ceux d'un humain, il vous semble que ses jambes, engoncées dans un pantalon marron d'une matière semblable à la peau tannée d'un animal, sont un peu trop longues en comparaison de son torse, tout comme sa face, qui vous paraît, sans en être choquante, légèrement trop allongée. Alors même que vous vous faites cette réflexion, vous trouvez étrange qu'il n'ait pas de sourcil, ou si peu, comme un fin duvet recouvrant le tiers inférieur de son front, et surtout que ses oreilles, à demi dissimulées par ses cheveux roux, qui lui tombent, épars, sur la nuque, semblent terminées par une longue pointe !

Alors que vous vous demandez, sans même penser d'abord à l'hypothèse d'un déguisement, si vous êtes en présence d'un Elfe, vous vous élevez dans les airs. Lentement, inexorablement, vous prenez de l'altitude, et, ce faisant, constatez que le matériau dur que vous ne parveniez pas à identifier se trouve être du bois. Celui des racines d'un arbre, précisément, dans lequel la créature que vous avez aperçue vit, et vous réalisez avec un temps de retard que la frondaison traversée par les dards lumineux de l'astre des jours n'est autre que celle d'un rejet de jeunes hêtres, mesurant moins de quinze centimètres, soit plus de sept fois l'homme que vous avez vu !

Mais déjà le petit bonhomme disparaît, avalé par la frondaison, la vraie cette fois, de la hêtraie, et vous survolez celle-ci, voyant défiler, à vingt mètres sous vos yeux, les cimes dégarnies et les branches sénescentes, d'abord à faible allure, puis plus vite, et encore, et encore plus, vers l'horizon que vous fixez à présent, vers ce soleil qui vous semple bien gros, bien luisant, autant que le supposé elfe vous a semblé petit. Il se rapproche, ce Soleil-Roi, cet astre de lueur, il vous englobe de sa lumière, et tout s'éteint.

La foule, celle du marché, bruisse et s'agite. Pas comme celle de Poitiers, dans un autre monde, un autre temps. Cette foule là est plus ancienne, plus sereine, moins blasée, et moins pressée. Cette foule là est presque médiévale. Cette foule là est composée d'hommes robustes aux chemises de toile grossière portant des cageots de pommes fraîchement cueillies, et de femmes aux cheveux couverts d'un voile pour les protéger de la poussière et tenant par la main ou dans les bras un mioche au nez morveux ou à la bouche braillarde édentée.

Cette foule vous la fendez, et lorsqu'un à un les passants s'écartent de votre chemin sinueux pour vaquer à leurs vies, vous vous trouvez en présence d'une tente, comme il y en a quelques unes sur la place du marché, dans ce qui ressemble à une vaste clairière au sein des immenses arbres, bien que peut-être pas si vaste que ça au vu de l'échelle de ces hommes et de ces femmes aux oreilles pointues, au menton et aux yeux en amande et aux jambes longues et fuselées.

La tenture qui fait office d'ouverture sur la tente en question s'écarte. En sort le petit homme que vous avez vu en premier, sortant des racines noueuses d'un hêtre centenaire, qui, l'air préoccupé, s'engage dans le dédale du marché, comme nous tantôt, emmenant à sa suite une jeune femme et un colosse hirsute de son espèce. A la différence près que les gens qui, ne vous voyant ni ne vous sentant, ne vous avaient laissé que le temps d'anticiper leurs déplacements pour vous engouffrer tel le vent dans la moindre brèche fugacement ouverte, ces gens là, ces mêmes gens pour qui vous n'existez pas, s'écartent comme un seul de son chemin à lui, lui traçant une voie royale, pavée de vie et de murmures. Seul en tête de son cortège improvisé, il fend l'amas des badauds, avance menton haut, regard braqué vers son but, et l'on peut lire à la fois l'admiration, le respect et une certaine forme de crainte dans les yeux des hommes et des femmes de tous âges assemblés là.

Vous êtes à la fois devant et derrière la petite troupe : vous voyez leurs dos musculeux rouler des épaules, mais aussi leurs fiers regards bravaches défiant le futur depuis leur visages stoïquement levés. Ils marchent vite, mais vous n'avez pas à faire d'efforts pour les suivre. Vous êtes autour d'eux simplement, omniprésent, et spectateur du déroulement d'une trame de leur existence.

Ils arrivent devant une autre tente, bien plus imposante, à l'armature carrée recouverte de toile kakie - certainement la tente de commandement -, et y pénètrent, le colosse et la fille à la suite de leur leader, qui entre d'un pas décidé, presque rageur. Mais alors que vous allez vous engouffrer derrière eux, le rideau de toile rugueuse se rabat, et stoppe tout net votre conscience flottante à l'entrée de la construction. Heureusement pour vous et pour le bon déroulement de ce à quoi vous assistez en silence et en absence, vous commencez à vous faire à votre statut d'entité invisible pensante, et qu'à cela ne tienne, vous traversez le tissu qui vous barre la route.

La sensation vous est à présent presque naturelle, et vous pouvez déjà être tout entier à la nouvelle scène qui se joue pour vous quelque part dans le grand Univers. Autour d'une table de chêne sur laquelle, entourée d'une dizaine de bougies plates, repose une grande carte tracée à la main sur un épais papier jauni par les âges - vous devinez plus que vous ne pouvez percevoir dans la pénombre que les cours d'eau y sont en bleu, les forêts en vert sombre et les montagnes en brun, et vous vous demandez sans l'avoir voulu à quelle échelle peut bien être une telle carte – sont présents neufs généraux, incluant les trois nouveaux venus, apparemment attendus pour que la réunion à laquelle ils se doivent tous de participer puissent commencer. En voyant arriver le premier des petits hommes, un barbu à la barbe rousse hirsute et qui tient à la main un casque miroitant à la lueur des bougies - il vous fait penser à Gimli dans *Le Seigneur des anneaux* et vous souriez en pensée - écarte en grand les bras en un signe d'accueil chaleureux, et pousse un cri rauque et enjoué. Le premier homme s'approche en souriant, et ils s'étreignent avec enthousiasme. Puis ils s'écartent, et sans se départir de son sourire, le premier homme parle, d'une voix banale, mais voilée d'une quasi tendresse :

– Minor, mon ami. Cela fait si longtemps...
– Ah ! renchérit l'épais barbu. La dernière fois que je t'ai vu, tu étais haut comme trois pommes !

Ils rient. Puis le dénommé Minor reprend, en contemplant son cadet de la tête aux pieds avec une admiration non feinte :

— Et regarde-toi maintenant ; tu es un homme ! Archibald Tiphon, le digne chef du clan des Haloems, dernière tribu de la Grande Forêt, héritier des rois à l'Est du Grand Fleuve... Ton père aurait été fier de toi, mon garçon.

Se disant, il avait étreint l'épaule d'Archibald, qui posa en retour sa main sur la sienne avec gratitude. Mais son expression se fit soucieuse. Il baissa la tête un court instant, et lorsqu'il releva le menton, son expression avait changé. Comme s'il présentait ce qui allait suivre, le commandant ôta sa main de l'épaule du jeune homme.

— Je te remercie d'être venu mon ami, dit Archibald en se tournant vers les autres chefs assemblés là. Je vous remercie tous d'avoir répondu à mon appel en ces temps troublés !

Il se fit encore plus soucieux qu'il ne l'était.

— ...Mais je sais que vous ne l'avez pas fait par allégeance envers l'héritier du trône du royaume à l'Est du Grand Fleuve, mais par respect pour feux mon père.

Il y eut quelques murmures d'approbation. La plupart gardèrent le silence.

— ...Parce qu'il n'y a plus de royaume à l'Est du Grand Fleuve, et parce qu'il n'y a plus d'héritier !

Une nouvelle fois, le silence accueillit ses déclaration enflammées. La gravité et la solennité semblait de mise à chaque seconde de ce nouveau monde.

— C'est un titre honorifique que tu me donnes, mon ami - Minor baissa la tête à ses mots, embarrassé -, mais aucun ici n'y croit plus. Tous autant que vous êtes, vous espérez me voir vous suivre à l'Ouest. Vous êtes tous venus dans le seul but de voir les Haloems fuir comme tous les autres clans devant le Grand Ennemi ! Mais MOI, j'ai entendu, enfant, mon père parler de ce trône que son père avant lui avait défendu. Je l'ai entendu me dire qu'un jour, les Haloems reprendraient ce qui était leur, et vengeraient la mort du dernier roi de notre peuple ! MOI, j'ai vu la honte dans ses yeux de n'avoir pas pu prendre part à la défense de notre royaume lorsque sa mère l'a emmené, enfant, à l'Ouest du Grand Fleuve avec ce qui restait de notre clan. MOI, j'ai entendu dans sa voix l'espoir qu'un jour, après sa mort, quelqu'un se dresse enfin devant l'envahisseur, et que nous cessions de fuir indéfiniment !!

Cette fois, le silence qui suivit ses paroles se fit encore plus lourd que précédemment. Minor, visiblement accablé, jeta un œil à ses congénères immobiles, et poussa un grand soupir. Regardant le jeune homme au yeux de feu qu'il aimait tant, il prit enfin la parole :

— Archibald... Tu sais à quel point j'aimais ton père, mais à la fin de sa vie même lui reconnaissait que fuir était la seule solution qui nous restait. J'admire ta passion. J'admire ton courage, mais regarde - il désigna de la main les quelques représentants de clans de leur race assemblés dans la tente derrière lui, puis la remit sur l'épaule de son jeune ami - : trop peu de chefs de clans sont venus. Notre ennemi est si fort, et nous sommes si peu nombreux. L'Ouest est la seule voie qu'il nous reste.

Il s'était voulu apaisant, mais le jeune Archibald chassa sa main avec rage, les mâchoires crispées.

— Et que ferons-nous lorsqu'il n'y aura plus rien à l'Ouest de nous ? siffla-t-il.

Minor se contenta de le fixer avec tristesse. Le jeune chef de guerre promena ses yeux ardents sur les autres occupants de la tente, mais personne n'osa soutenir son regard. Alors, amer et dépité, il opina du chef avec une moue de dégoût, et lâcha d'une voie rauque :

— Bien, le grand conseil a parlé. Qu'il en soit ainsi.

Puis il tourna les talons, bouscula ses deux acolytes et quitta la tente à grandes enjambées.

Vous vous retrouvez dehors, et voyez la jeune femme qui avait suivi notre héros surgir de la tenture à sa suite.

— Archibald ! appela-t-elle avec désespoir.

Mais sa voix se brisa. Derrière elle, le colosse, autre compagnon du jeune chef de clan, la retint par le coude.

— Laisse-le partir, Kira. Il a besoin d'être seul.

Et c'est bien seul que vous voyez le jeune et fringant Archibald disparaître dans la plèbe stupéfaite.

Vous êtes, de nouveau, dans une tente. Celle-ci est bien plus petite que celle que vous avez visitée plus tôt dans la journée. D'ailleurs, c'est en pensant « plus tôt dans la journée » que vous réalisez que cette tente là n'est éclairée que par un candélabre posé sur une espèce de bureau, et que par le tissu clair de la construction on peut deviner la nuit froide qui règne à l'extérieur de celle-ci. Du même coup, vous vous rendez compte que pour assister à toutes ces scènes de la vie de ces êtres minuscules, pour déchiffrer les expressions de leurs visages et entrer chez eux, vous devez - même si vous n'*êtes* pas à proprement parler – vous trouver à leur taille. Serait-ce alors l'environnement qui est, en ce monde au soleil gigantesque, incommensurablement grand ?

Dos à nous, un homme jeune se tient, torse nu, muscles saillants et tête basse, devant le bureau dans un coin de la tente. Il défait une bande d'étoffe kakie enroulée autour de son cou, et à sa gestuelle vous reconnaissez Archiblad. Il a terminé de dérouler l'étoffe à présent, et semble la tenir à plat sur les paumes de ses mains, la contemplent songeusement de sorte que vous ne puissiez pas la voir.

— Tu as toujours ce bout de tissu ?

Lui et vous vous tournez de concert dans la direction de la voix cristalline qui vient de faire irruption dans la tente du leader du clan des Haloems.

Elle appartient à une jeune femme. Malicieuse, elle tient d'une main le pan de rideau qu'elle a écarté pour pénétrer dans l'antre sacrée du chef de guerre, et donne l'impression d'être accoudée de façon sensuelle au chambranle d'une porte. Ses grands yeux noisettes, à la lueur du candélabre, brille de mille feux, plus encore que la cascade de ses cheveux d'ébène dont les volutes ruissellent sur sa peau nacrée.

— Tu m'invites pas à entrer, beau gosse ?

Subjugué, immobile, Archibald se contente de murmurer :

— Jennah...

Avec un sourire enfantin, elle lâche la tenture beige et s'approche de lui.

— Ravie de voir que tu ne m'as pas oubliée.

C'est à son tour à lui de sourire, à présent.

— Comment aurais-je pu ?

Elle posa ses mains sur son torse, et leva ses grands yeux vers lui. Il frissonna à son contact. Elle laissa échapper un rire si clair qu'il enchanta l'air.

— Allons, à ce qu'on raconte, tu fais des merveilles dans une bataille, mais tu sembles craindre bien moins les coups d'épée que les mains de ton amie d'enfance... Dois-je bien le prendre, Chevalier ?

La mine d'Archibald s'assombrit.

— Pas suffisamment de merveilles pour ton père, semble-t-il. Le conseil des chefs de clan qui ont daigné se présenter à mon appel à eu lieu aujourd'hui. Nous ne marcherons pas sur l'Est du Grand Fleuve.

— Nous ? Et depuis quand Archibald Tiphon suit-il ses pairs ? ...Depuis qu'il peut prétendre être leur roi, peut-être ?

En guise de réponse, Archibald laissa échapper un soupir faussement amusé.

— Leur roi ? Il ne m'estime même pas. Pour eux je ne suis que le gamin à qui tu as donné ton châle il y a quinze ans. Les Grands Ennemis abattent les forêts de nos ancêtres, assèchent nos ruisseaux et écrasent nos soldats et moi...

Elle posa un doigt sur ses lèvres, le coupant net au milieu de sa phrase.

— Pourtant ce n'est pas dans la tente de ce petit garçon que je suis entrée ce soir, chuchota-t-elle. Dis-moi, Archi, est-ce un enfant, ou un roi qui se tient devant moi ?

Le silence s'installa. Un silence pur, magique, chargé de souvenirs et de nostalgie. Un silence de première et de dernière fois.

Lentement, la main d'Archibald remonta vers le visage de la belle Jennah, et il repoussa un pan de ses longs cheveux soyeux pour révéler une oreille pâle et fine, terminée par un pointe. L'index de la jeune femme s'écarta en tremblant des lèvres de son compagnon qu'il scellait. Alors, le chef des Haloems, héritier du trône à l'Est du Grand Fleuve dit dans un souffle :

— Un roi.

Vous êtes soudain dehors, à l'extérieur de la tente d'Archibald Tiphon, et grâce à la lueur des chandelles qui y brûlent sur le candélabre, vous distinguez deux silhouettes en ombres chinoises sur le tissu beige tendu. L'une d'elle, la plus petite, prend une bande d'étoffe des mains de l'autre, et la lance sur le candélabre, éteignant ainsi les bougies et laissant la nuit les recouvrir tous deux.

— Archibald ! Archibald !

Le colosse que vous avez vu suivre son chef la veille fait irruption dans la tente de ce dernier. Il a revêtu une armure éclatante dont les épaulettes peinent à contenir son impressionnante carrure, et une hache que vous doutez d'être capable de soulever en temps normal pend à sa ceinture.

— Archibald, désolé de te réveiller mais Minor a déjà rassemblé toutes les hordes sur la place du marché pour le départ, et on est les seuls à pas encore avoir levé le camps...

Il s'interrompit en réalisant que la tente était vide. Seul, un parfin diffus de jasmin attestait d'une présence récente. Féminine.

— Archibald ?

S'approchant du lit de son chef, il constata que celui-ci était fait. Quelque chose reposait sur la surface lisse de la couverture blanche. Se penchant, il prit entre ses doigts calleux et épais le morceau d'étoffe kaki qu'il regarda un moment. Plus que le tissu, c'est sa signification que le fidèle soldat mettait du temps à accepter. Archibald Tiphon, commandant des Haloems, était parti sans ses frères, vers son destin.

— On ne peut plus attendre, Seigneur Minor.

Le chef de clan à la barbe rousse fit la grimace. Il était, de par son âge et sa carrière militaire - il avait été le bras droit de l'héritier Animor Tiphon au début de la migration vers l'Ouest notamment, et avait à son actif bien des batailles remportées contre bien des créatures des forêts et des plaines des nouveaux territoires où son peuple avait été contraint de se retirer – le plus respect de tous les chefs de clans de son peuple, et sûrement le plus écouté. Et même s'il n'avait pas réussi à convaincre plus de la moitié des hordes à venir écouter le fils d'Animor avant de se retirer un peu plus dans les terres arides et désolées de l'Ouest, sa patience et ses talents de médiateur n'étaient plus à vanter. Mais - les dieux lui pardonnent - il n'avait jamais pu supporter les valets et les vérités évidentes et mauvaises nouvelles irritantes qu'ils clamaient de leur voix d'adolescents pré-pubères.

– Je SAIS qu'on ne peut plus attendre, bougre d'idiot, grogna-t-il à l'adresse du pauvre garçon qui se figea sur place de terreur. Diable mais où sont Archibald et sa troupe ?

– La troupe est ici, Seigneur.

Minor se retourna, et vit le colosse qui servait de bras droit à Archibald - son nom lui était sorti de la tête - s'avancer vers lui sur sa monture, un superbe Lucanr cerf-volant dont la cuirasse épaisse reflétait avec force les rayons du soleil matinal. Derrière lui, montés sur d'autres coléoptères, encadrés par les soldats et leurs criquets, les gens du clan Haloem et leurs bagages suivaient en une longue colonne ininterrompue. Minor hocha la tête avec gravité, et tendit la main derrière lui, dans laquelle son écuyer paniqué s'empressa de glisser les rênes d'un gros grillon forestier. Il se mit en selle, non sans efforts et en grognant, s'assura de sa prise sur sa monture qui pourtant ne semblait guère prête à ruer tant son âge paraissait avancé, et, relevant la tête, demanda :

– Où est Archibald ?

Le colosse ne répondit pas. Après un court silence entre eux qui leur parut à chacun une éternité, il secoua très faiblement la tête, incapable de faire plus. Minor le grand releva la sienne, et lorsque ses yeux s'allumèrent de la compréhension, il inspira profondément, comme s'il avalait une très grosse pilule pour guérir définitivement d'un mal tenace.

— J'aurais tout tenté, murmura-t-il dans sa barbe de sorte que seul son interlocuteur puisse le saisir.

Puis il leva bien haut le bras, et à ce signal attendu tous les clans, guidés par leurs chefs, se mirent en marche à sa suite. Quand vint le tour des Haloems de s'engager, le colosse à la mine défaite éperonna sa monture démesurée adaptée à lui seul, pour prendre place dans le cortège. Mais une main fine et gantée retint la bride du scarabée.

Les cheveux assemblés en une natte serrée, revêtue d'une côte d'écailles métalliques et les joues barrées chacune de deux traits de peinture noire, la seconde lieutenante d'Archibald Tiphon le toisa avec insolence.

— Alors, Thron, me dit pas que t'as mis ta plus belle armure et pris ta plus jolie hache pour cavaler toute la journée en direction du désert...

Thron haussa les épaules.

— Là où il va on ne peut pas le suivre.

Elle éclata d'un rire jaune et strident.

— Pourquoi, c'est dans l'espace ?

Et après avoir soutenu un instant le regard torturé de son partenaire et ami de ses yeux provocateurs, la jeune femme éperonna sa sauterelle d'un vert éclatant, et fit demi-tour pour s'enfoncer dans les bois.

Resté seul, le colosse regarda le convoi qui s'éloignait, les derniers membres de son peuple passant devant lui sans lui prêter la moindre attention.

— Tout doux ma belle, tout doux...

Du plat de la main, Archibald caressait les ailes de la superbe mante du genre

Acanthops qui, attachée par la bride à un arbre en bordure de boisement, lui répondait en les agitant nerveusement.

— Oui, je sais, chuchota-t-il, c'est la dernière. Y a plus que toi et moi, tu vois...

— J'ai jamais compris comment tu faisais pour monter un tel monstre, lança une voix claire près de lui.

En voyant sortir Kira la guerrière des arbres, juchée sur sa sauterelle de combat, l'*Acanthops* se cabra, déploya en grand ses ailes et leva ses pattes ravisseuses pour découvrir deux ocelles vivement colorées.

— Chuuut ! dit Archibald.

— C'est parce que tu lui as menti en lui racontant que vous seriez seule qu'elle s'emballe, ajouta Thron en apparaissant à son tour avec un sourire.

Sans un mot, le jeune Tiphon, héritier du trône à l'Est du Grand Fleuve, lui rendit son sourire, et plongea la main sous son plastron pour en sortir un petit carré d'étoffe, apparemment prélevé sur un morceau plus grand. Toujours silencieux, il le noua symboliquement autour d'une branche proche de la terre qu'il défendait - SA terre - et détacha le bride de sa monture, qui rua de plaisir quand il l'enfourcha.

Les trois bêtes et leurs cavaliers s'avancèrent lentement dans l'immense plaine au bout de laquelle des formes indistinctes se précisaient sur l'horizon. Vous pouvez les voir, en prenant de la hauteur. Des hommes. Des hommes tels que vous ; de taille normale en comparaison des arbustes qui parsèment l'immensité déboisée et désertique qui s'étend devant vous à perte de vos sensations qui commencent à se brouiller.

Là, en-dessous de votre omniprésence flottante de plus en plus vague, Archibald tire son épée, Thron lève bien haut sa hache, et Kira encoche une flèche sur son arc. Et alors que vous prenez de la hauteur à regrets, et que vous vous élevez de manière vertigineuse, les deux lieutenants s'élancent sur leurs fantastiques montures à la suite de leur roi qui paraît à présent très grand, pour une dernière scène qui, elle, vous échappe...

* * *

Le tunnel de noir et de blanc vous aspire au rythme des étoiles, et pour la première fois vous désespérez de ne pas avoir de corps pour lutter. Déjà la Terre est devant vous, puis l'Europe, puis les nuages, couche vaporeuse traversée en une seconde, puis la France. Vous vous éveillez à l'agitation de Poitiers, et avez parfaitement conscience d'être revenu lorsque vous reconnaissez le toit blanc sale du lycée Bois d'Amour.

Le professeur secoue la tête. Il a dû s'assoupir. Il regarde ses élèves, puis sa montre. Dans votre esprit « 9 heures 54 » s'inscrit en rouge. La cloche va sonner dans une minute pour annoncer la première récréation de la journée, mais aucun d'eux n'a encore fini d'écrire. Le professeur jette un coup d'œil au tableau, pour y relire le thème du sujet d'invention qu'il a donné sur deux heures, en préparation anticipée du baccalauréat. Sur le rectangle vert sombre, vous lisez, tracé à la craie : « Doit-on disputer une partie perdue d'avance ? ». Puis il reporte son attention sur ses copies qu'il n'a pas corrigées alors que son cours touche à sa fin, alors que les gosses en face de lui ont noirci des pages et des pages d'histoires très certainement à dormir debout, et se dit que décidément, la jeunesse est gardienne d'une imagination débordante...

A la vie, à la mort...

Londres, Angleterre, 22 mars 1995

Pas de métro - il avait horreur de ça -, pas de boulot - chose plus surprenante -, et pas de dodo, depuis plusieurs jours déjà.

Ne pas dormir le restant de l'année, c'était devenu une sorte de... tradition. Mais ne pas dormir durant ses seules vacances depuis... toujours, c'était une aberration.

Le journalisme, par définition, se devait d'être éreintant. Mais lui n'avait jamais été crevé. Jamais. C'était sans doute ce que l'on appelait la « passion ». Ou alors c'était qu'il n'était pas journaliste. Pas vraiment.

C'était aussi qu'il n'avait à son sens jamais pu se *permettre* d'être fatigué. Autrement il se serait retrouvé avec une nouvelle longueur de retard sur ce qu'il recherchait. Une course contre les longueurs, voilà ce à quoi avait toujours ressemblé sa vie. Mais tout cela allait peut-être changer ; alors, finalement…

Le faible chuintement des semelles des Nikes Air-force l'avertirent avant sa vue, il est vrai désavantagée par le brouillard, et par les bords rabaissés de son béret élimé. Malgré son inhabituel harassement, il sourit. Oh, pas bien franchement, juste discrètement, en étirant les lèvres. Mais tout de même : un français en béret, dans une ruelle embrumée de Londres ; il pouvait se le permettre.

Le joggeur lui adressa un signe de tête, obligeant la capuche de sa veste grise à adopter le mouvement. Il le suivit des yeux : lui aussi s'était entraîné, comme ça... Finalement, peut-être qu'il devait accepter ce poste à New-York. Eddy s'était donné du mal, mais peut-être pas pour rien, en fin de compte. Peut-être qu'il avait raison. Peut-être…

Une bourrasque de vent le força à remonter le col de son manteau en cachemire. Éreintant, mais payant, le journalisme. Et ce n'était rien en comparaison du poste à New-York.

Nouvelle rafale. Relevant la tête, il sentit la première goutte de pluie s'écraser sur sa joue, bientôt suivie d'une camarade qui préféra viser la narine gauche. « Le gros cliché. Il pleut. ». Cette fois, il inclina très légèrement la tête de côté, et laissa même échapper une simulation de rire, plutôt soupir, bref et qui eut juste pour effet de déformer un instant par le rictus associé l'aplat parfait de son visage, quinquagénaire depuis une semaine.

Il s'arrêta, et promena son regard sur les hautes habitations grises de la ruelle londonienne. Le vieux journaliste aigri, qui a traqué son objectif pendant vingt-cinq ans, et qui part, pour ses premières vacances depuis le double de temps, dans un pays gris, pluvieux et contenant à cet instant précis autant de joie et de désir de changement que le bonhomme qui s'y réfugiait, tout ça pour « réfléchir » à l'offre qui lui avait été faite le jour de son cinquantième anniversaire par une grosse maison d'édition américaine, et sans bien sûr le coup de pouce de son cousin, lassé de le voir courir « à droite-à gauche », et bossant depuis près de trente ans dans la boîte en question. « Laidies and gentlemen, bienvenue au grand bal des clichés ! ». Troisième sourire. De vraies vacances. « On dirait un film de Spielberg. Manque plus que… »

Et, alors, sûrement parce que l'on dit « jamais deux sans trois » et parce que dans les films de Spielberg, il ne manque jamais rien, la grande sœur des deux premières rafales anglaises, celle-là certainement venue d'Irlande, emporta dans sa fougue de stéréotype américain indépendantiste le béret kaki, qui bifurqua à l'angle de la rue, et s'enfonça sur la gauche, dans la pénombre absolue des endroits sinistres qui ne manquent jamais, eux non plus, dans les films américains.

Situation oblige, il le suivit. Les pavés étaient secs, ici. Sans doute l'orientation de la ruelle ne permettait pas aux gouttes d'eau de passer. « Ni aux rayons de soleil, d'ailleurs », pensa-t-il en se penchant pour ramasser son couvre-chef qu'il venait de repérer entre deux poubelles à l'ancienne.

« Hum… Oui mais tu vois, j'aime autant. »

Cette voix-là n'était pas la sienne. D'ailleurs, il n'avait pas parlé à voix haute depuis des jours. Depuis qu'il aurait dû dormir. Plus tard, en y repensant, il se dirait que de tout façon, il n'aurait pas *pu* réagir assez vite.

Une poigne qui ridiculisait n'importe quel alliage de densité supérieure à celle de l'acier le saisit à la gorge pour le soulever de terre, et il eut la subite impression que sa trachée et son œsophage avaient interverti leurs postes.

— Quelle perspicacité, Johnny.

Son souffle s'appelait désormais « sifflement », irrégulièrement étouffé. La voix poursuit :

— Et là, si l'on veut aller au bout du cliché, toi, tu dois répondre : « Comment savez-vous que je m'appelle John ? »

Hors de question de dire quoi que ce soit. John suffoquait, et le balancement ridicule de ses jambes arrivait déjà en fin de vie.

— Oh !... Pardon. Suis-je bête...

L'étreinte se relâcha d'un seul coup, et le journaliste s'effondra dans les poubelles, fracas métallique à l'appui. Il porta ses mains à sa gorge en tentant, plus par réflexe qu'autre chose, de retrouver son souffle.

— ... Mmoui ? ...Tu veux dire quelque chose ?

John s'affolait. Il ne parvenait pas à respirer. Son interlocuteur intervint :

— ... Oui. Je sais.

Silence. Puis :

— Dans ce cas je vais faire les questions et les réponses, d'accord ?

La voix changea, se chargeant de panique et de raclements étouffés pour imiter celle de John...

— Qui... Qui êtes-vous ?

... Puis reprit sa teinte basse et sarcastique originelle, se teintant d'un réel agacement qui parvint à faire davantage peur au journaliste :

— Ah, qu'est-ce que ça peut faire ?!

Devant la face écarlate et terrorisée de sa victime, l'inconnu éclata d'un rire grave et enjoué. Mais court. Le silence reprit ses droits. Seules les saccades de la respiration de John le troublait. Le ton de confidence que prit la voix après sa pause semblait suivre une mûre réflexion :

— Tu sais, tu devrais accepter le poste.

John parvint enfin à articuler quelques mots :

— Vous... Vous lisez dans mes pensées ?

Alors, de façon totalement inattendue, l'autre s'accroupit auprès de lui et il put, dans les ténèbres et le silence de l'instant, sentir la froideur glacée du souffle de l'inconnu sur son coup.

— ...Non... Tu imagines quel cliché cela ferait ?

* * *

Miami, Floride, 30 avril 2010

— Ouais, tu parles !

Le sourire de Stéphanie Grander s'effaça progressivement, tandis qu'elle refixait son attention sur les paroles de son interlocutrice.

— C'est sûr... Mais j'te l'ai déjà dit, ma vieille : t'es trop gentille !

Des éclats de rire fusèrent dans la pièce aux murs orangés, uniquement éclairés par la lampe du bureau en merisier verni. Stéphanie se renversa en arrière, et posa son coude gauche sur l'accoudoir de son fauteuil pour examiner le résultat de sa manucure du matin même, d'un air songeur. Si quelqu'un s'était trouvé dans la pièce à cet instant précis, il aurait pu attendre la voix aiguë et surexcitée de Katleen Bradfield, à l'autre bout du fil, dont son interlocutrice ponctuait chacun des groupes verbaux :

— Hum... Ouais. Ouais. Bah oui !...

La riche conversation nocturne se poursuivait, mêlant ses tranchants arguments aux murmures du poste radio, réglé sur le volume minimal. Stéphanie rompit le débat avec son amie :

— Bah tu sais pas ; on n'a qu'à aller à la plage samedi ; qu'est-ce que t'en penses ? Oui ? Cool... Ça sera sympa. Bon ma belle, j't'embrasse ! Ouais !... Tu veux bien me passer ton homme? Okay... Allez, bisous ! A plus.

Si quelqu'un s'était trouvé dans la pièce à cet instant précis, il aurait très certainement levé les yeux au plafond.

— Oui, Jeff ? Ah!... Saaalut beau gosse ! La forme ?

Rires. Tout un mode de vie.

— Oh! Attends deux secondes : j'adore ce morceau !

Passant le téléphone sans fil dans sa main gauche, en prenant tout de même la précaution de le coincer en plus sous son oreille, Stéphanie tourna le volume du son sur le poste, à sa gauche. Eminem se mit à bercer l'appartement de sa voix douce et chaleureuse :

I'm not afraid...
(I'm not afraid...)
To take stand...

Si quelqu'un s'était, à cet instant précis, trouvé dans le salon, il aurait très certainement grimacé. Surtout s'il avait eu l'ouïe sur-développée...

— Oui, donc, mon Jeff... Je voulais te d'mander... Attends.

Au cas où quelqu'un se serait trouvé dans l'appartement de Stéphanie en cette nuit d'avril, il serait à coup sûr entré par la porte-fenêtre qui donnait du salon sur la terrasse. Car celle-ci était ouverte. La jeune femme avait senti le souffle de l'air extérieur sur sa nuque. Elle cacha le récepteur du combiné, pour étouffer le son de sa voix, et murmura :

— Bizarre...

Entrouvrant d'avantage la porte, elle sortit la tête dans l'air froid de la nuit floridienne. Au loin, une décapotable jouait du klaxon à sa sortie du parking d'une des boîtes de nuit pour jeunes bourges de la ville. Elle eut un sourire pincé. « Bah ! Je sortirai demain. » Elle rentra la tête.

— Brrr...

Avec une grimace, elle referma dans un grincement le battant de plexiglas, et se retourna vers son bureau en replaçant le téléphone sous son oreille gauche.

L'appareil tomba sur le sol, tandis qu'un cri strident réveilla le jeune couple de l'étage inférieur. La lampe s'éteignit en heurtant le sol. Le cri s'estompa. La nuit envahit l'appartement du building huppé en plein cœur de la cité en perpétuelle fête.

Seule, sur la moquette, la faible lueur verte du combiné demeurait.

Everybody...
(Everybody...)
Come take my hand...
(Come take my hand...)

— Allô, Steff, t'es là ? Steff ? ...Kate !

*　*　*

Eu, France, 9 février 2010

De la fenêtre de sa minuscule cuisine, Mme Bergot voyait distinctement les deux silhouettes qui se mouvaient avec difficulté dans la nuit eudoise. Les éclats de rire lui parvenaient avec distinction à travers la misérable et fragile épaisseur du carreau. Une chance qu'elle ne dorme pas. Plus depuis la mort de Gérard, en tout cas... Mme Bergot soupira, portant sa tasse de camomille brûlante à ses lèvres septuagénaires.

Le Mont Vitot, véritable quartier de la petite ville d'Eu, de justesse du « bon côté » de la frontière entre Picardie et Haute-Normandie, comportait dans sa partie « HLM » quatre immeubles, de A à D, roses, blancs, décrépis, oubliés. Mme Bergot habitait au 12 de l'immeuble A, un appartement au moins aussi petit et aussi vétuste que les autres, mais que Gérard n'avait jamais voulu quitter. Il était même mort dans son lit. « Saloperie de cancer... ». Mme Bergot regarda la photo de son défunt mari sur le vieux frigidaire Brand, et sourit avec faiblesse.

Il l'aimait bien, Gérard, la petite de la voisine du dessous. Il apportait toujours un petit quelque chose pour elle, quand il allait réparer un truc pour rendre service au rez-de-chaussée. « Sympathique, c'te p'tite concierge, mais pas assez d'autorité. » « Finira mal, c'te gamine. J't'l'dis, moi, Henriette », qu'il disait, Gérard.

Il avait raison. Là, en bas, juste sous ses yeux, la jeune Caroline, complètement ivre et hilare, remontait la pente qui menait à l'immeuble en s'appuyant sur un jeune homme encore différent des autres fois, grand et musclé, non moins ivre, et non moins hilare. Il était 4h30 du matin. Un vendredi. Et c'était la quatrième fois cette semaine. « Tous les bars sont fermés à cette heure là ! ». « Et c'est bien le plus inquiétant. ».

     – A... Attends, Caro, je..., je...

Les éclats de rire convulsifs repartirent de plus belle, tandis que la jeune fille se détachait, titubante, de son compagnon pour chercher quelque chose dans son sac à main.

     – Ah, c'est bon... Je l'ai...

Elle loucha sur la petite clé électronique qu'elle tenait dans la main gauche, tandis que sa mini-jupe de skaï laissait entrevoir ses mollets qui, mettant à contribution leur dernière parcelle de vigueur, lui permirent de venir s'affaler dos à la porte de l'immeuble, hurlant de rire.

Incapable de s'arrêter, elle s'assit par terre, et appuya l'arrière de sa tête sur le verre de la porte. Son rire se mua progressivement en gémissement rauque, puis mourut dans sa gorge, cédant sa place au silence.

     – Eh, Max ; on s'est bien marré, hein ?

Le silence, hormis le bruit du vent dans les sapins derrière le parking qui lui faisait face.

     – ... Hein ?

Rien. Caro rouvrit les yeux, et regarda, de sa vue brouillée par l'alcool, autour d'elle. Max avait dû rester séché dans la pente.« Pas étonnant, avec c'qu'i s'est mis... »

     – Pfff !...

Avec un effort quasi-surhumain, Caroline s'appuya de tous ses cinquante deux kilos et soixante-dix grammes sur le pan de verre, se remit sur ses jambes, et tituba jusqu'au milieu de la voie.

— Max ? Allez, lève-toi, feign...

Elle s'arrêta net, et laissa tomber, avec un tintement métallique, sa clé sur l'asphalte cabossé. Là-bas, le dénommé Max n'était plus qu'une forme allongée à plat ventre, face contre terre. Mais l'alcool n'était certainement pour rien dans sa situation.

Penchée sur lui, une masse sombre semblait s'affairer à plonger dans son corps inerte. Les yeux de la belle Caro s'agrandirent d'effroi. Étouffant le cri étranglé qui montait dans sa gorge, elle fit volte-face, et l'un de ses talons se déroba sous elle. Caro le remit en place d'un mouvement paniqué de cheville, et releva la tête pour se précipiter à l'abri des murs roses de chez elle.

Son deuxième cri ne fut guère plus qu'un gargouillement. Il l'avait eue.

Comme un symbole, la tasse de Mme Bergot, dernier cadeau de Gérard à l'hôpital, la veille de sa mort, se brisa en autant de morceaux qu'il en fallait pour joncher le linoléum bleu et sale de débris coupants.

Ses yeux agrandis par l'effroi, elle ne prêta pas attention à la morsure du liquide brûlant sur ses chevilles.

Juste là, à quelques mètre au-dessous d'elle, la petite Caroline venait de mourir. Comme son ami. La vieille femme sentait son souffle se cristalliser sur son palais usé. Elle ne savait pas comment la chose avait pu passer si vite du corps du pauvre jeune homme à la petite, sur lequel il était ramassé à présent. Elle ne pouvait plus ni cligner des yeux, ni fermer la bouche, ni émettre un son. Et pourtant elle n'était pas assez discrète.

En bas, la créature avait relevé la tête d'un coup sec. *Il* l'avait vue.

Mme Bergot recula avec un sursaut affolé pour s'écarter de la fenêtre. « Mon

Dieu, mais qu'est-ce que... Oh, mon Dieu... ». Tremblante, elle se retourna, s'appuyant sur la table pour sortir de la cuisine. Il fallait aller réveiller Gérard.

La surprise n'existe plus trop, chez ces personnes qui ont enduré toutes les peines et les combats de la vie. Aussi Mme Bergot leva-t-elle sans surprise les yeux sur la masse sombre qui se trouvait devant elle. Elle ne tremblait plus, ne cria pas. Elle avait déjà hâte d'aller raconter tout ça à Gérard...

* * *

Manhattan, le 11 mars 2010

La première page du Times affichait, de ces gros caractères qui se doivent d'attirer l'œil au premier regard :

LE MEURTE SAUVAGE DE MIAMI TROUVE ECHO A LOS ANGELES.

Deux personnes ont été retrouvées mortes cette nuit à quelques centaines de mètres d'intervalle, l'une aux abords d'une artère de Los Angeles, et l'autre au volant de leur voiture, une décapotable rouge, emboutie à un carrefour. Il s'agit de Scott Jefferson, un étudiant en droit de vingt-cinq ans, et de son amie Maria Goldman. Les deux corps présentent les mêmes lacérations sauvages, ainsi que la blessure béante au cou que Stephanie Grander, retrouvée massacrée chez elle à Miami le 31 avril au matin.

Le gouverneur Arnold Schwarzenegger reste pour le moment muet sur la question. Mais son principal opposant, le démocrate Edmund Brown Junior, déclare dès ce matin que « de telles atrocités ne peuvent être perpétrées impunément dans l'état de Californie, ni nulle part ailleurs d'ailleurs. ». Ainsi, « Jerry » Brown exige qu'une « collaboration aussi nécessaire qu'efficace » soit mise en place entre la Californie et la Floride, afin de permettre aux autorités locales et au FBI, si les deux affaires sont bel et bien liées [...]

John Craiger reposa le journal sur la table du café à laquelle il s'était assis par cette matinée de fin hivernale, quittant des yeux la face véhémente d'un Jerry Brown en noir et blanc qui faisait face à une batterie de journalistes.

— Ils arrivent.

Quelques taxis filaient déjà dans les rues de Manhattan, mais ils côtoyaient pour le moment piétons et deux-roues dans un calme va-et-vient que troublerait bientôt le ballet des klaxons de l'île en éveil. En face de lui l'autre, qui faisait jouer les reflets de la pâle lumière sur la pierre noire de sa chevalière, releva la tête et laissa échapper une sorte de soupir amusé. Il fixait John derrière ses lunettes de soleil.

— Moui, mais nous ne pouvons rien y faire. Laissons-les « arriver »...

John leva un bref instant les yeux vers le ciel blanc et nuageux, et aspira pas la bouche une grande goulée d'air frais, comme pour marquer son agacement.

— Mais ils viennent pour vous !

Il s'était penché brusquement vers son interlocuteur. Il regarda furtivement à droite et à gauche avant de poursuivre:

— Floride, Californie. J'ai fait des recherches : en Europe aussi ;

en France, le mois dernier. Ils tâtent encore, mais bientôt, ils seront là !

Les derniers mots avaient presque été prononcés à mi-voix, juste devant le nez du jeune homme, trente-cinq ans environ, aux cheveux d'ébène lissés en arrière, qui haussa les sourcils sous ses lunettes noires.

Tandis que John se rasseyait contre le dossier de sa chaise, il se pencha tranquillement vers lui, regardant autour et posa son coude gauche sur la table pour y appuyer son menton, avant de murmurer avec une certaine douceur, quelque peu inquiétante :

— Bientôt ?

Son sourire narquois faisait peur. Le soleil apparaissant frappait son visage de ses rayons chaleureux.

— Mais... Grâce à vous, je saurai exactement *quand*. Non ? C'est pour ça que je vous paie...

Il se recula. John semblait frustré.

— Vous ne me payez pas.

L'autre fit mine de réfléchir, puis lui adressa un grand sourire qui dévoilait ses dents d'une blancheur implacable. Dont ses canines. John avala sa salive.

— ...C'est vrai, conclut l'autre comme si la question avait mérité quelque analyse.

Les rayons du soleil sur les verres teintés de ses lunettes permettaient à John d'y admirer son reflet. Il ne peut se contenir :

— Comment faites-vous ?

L'autre quitta sa manucure des yeux.

— Pour...?

— Pour le soleil.

Un instant, seuls les vrombissements des taxis et les conversations de la terrasse comblèrent le vide entre eux. Puis, sans prévenir, le jeune homme ôta ses lunettes, regarda John dans les yeux, et éclata d'un rire sonore. Plusieurs personnes se tournèrent vers lui avec curiosité. Cessant brusquement de rire devant l'air ahuri de Craiger, il haussa les épaules, paumes vers le ciel désormais radieux, avec une moue qui voulait dire : « Eeeeh… »

John baissa un bref instant la tête, comme pour réfléchir, puis parla d'un ton décidé :

- Entendu. Vous serez prévenu en temps et en heure de leur venue. Et je ferai ce qu'il faut pour que vous vous retrouviez quelque part, seul avec eux. Mais j'espère que vous savez ce que vous faites, parce que, d'après ce que je vois là, ils ont l'air...

Devant les regards curieux qui s'étaient tournés vers lui, John baissa la voix et le journal qu'il brandissait, et se pencha pour finir à voix basse :

- Ils ont l'air plutôt... *motivé*.

L'autre sourit. Après un instant, John demanda :

- Et vous me donnerez toutes les réponses à mes questions ?
- Oh ! Disons plutôt que j'affinerai vos théories ; vous avez l'air d'en connaître déjà pas mal...

L'air affecté de l'inconnu se mua en grimace malicieuse, et il leva la tête vers le soleil avant de poursuivre, reportant son regard sarcastique sur John :

- ...Mais pas assez, il est vrai.

John se tassa dans son fauteuil en inspirant profondément par le nez.

* * *

- Un autre whisky, Monsieur ?

L'homme aux larges épaules enserrées dans un long manteau de cachemire à col relevé se détourna des vitres du bar pour porter son attention sur le barman, qui attendait sa réponse en resserrant son nœud papillon, un torchon sur le coude droit.

- Hum... Non. Merci.

Et il se retourna vers la terrasse du café d'en face. « Merde. »

- Eh ! dit-il en rattrapant par le bras le serveur qui s'en allait. Le type de l'autre côté de la rue, avec le cuir noir, il...
- Ah ! Oui... J'ai bien vu que vous surveilliez quelque chose par là-bas... Seriez pas du FBI, ou d'un...

Regard dissuasif. Ça marchait depuis presque cinquante ans, maintenant.

- Ouais, bon ; c'est pas mes affaires. Mais c'est vrai qu'il avait l'air louche, ce mec ; il...

Intensification du regard. Le serveur cracha le morceau.

- I..iil a levé son verre, il a semblé s'observer dedans, puis il s'est levé, et... je sais pas, un taxi est passé... j'l'ai perdu de vue.

« Merde, merde, et merde. » L'autre l'avait aperçu dans le reflet du verre, à presque quinze mètres de distance. Se levant du tabouret en plaquant un billet de vingt dollars sur le comptoir, il se rua vers les toilettes pour homme.

La porte battante claqua lorsqu'il s'engouffra dans la pièce. Toutes les cabines étaient occupées. Une chance. Tout à coup, son regard se fixa sur la petite bouche d'aération. « Ça donne forcément quelque part. N'importe où. Mais ailleurs. »

Il plongea la main dans son manteau.

Lorsqu'il entendit le choc métallique dont l'écho se répercuta sur le carrelage blanc immaculé des murs, Tony Murrer, un mètre quatre-vingt-neuf pour quatre-vingt-dix-sept kilos, se dit qu'un petit malin devait avoir arraché la grille de la bouche d'aération.

Depuis qu'il était sorti de prison, après le minable braquage d'un bureau de tabac qui avait mal tourné, pour « bonne conduite », Murrer avait trouvé un job de gardien de nuit sur un chantier squatté par des dealers, des skins, et autres « racailles » en tout genres. Cela avait déjà failli tourner mal plus d'une fois, et il avait acheté Buck, un pit-bull pure race. Blanc. Il ne supportait plus le « trouble à l'ordre public » comme ils disaient. Son psy, lui - enfin, celui du juge... - disait « déformation professionnelle ». Toujours est-il que cela l'agaçait. Vraiment.

Tony remonta sa baguette, carra ses épaules dans son blouson de skaï tout neuf, et déverrouilla le battant de la cabine pour passer la tête à l'extérieur.

Il leva les yeux en entendant un bruit sourd au-dessus de lui, et les écarquilla lorsqu'une des dalles du plafond, arraché à son support, vint se fracasser juste sous son nez. Là, dans l'orifice sombre ainsi créé, des yeux le regardaient.

Murrer rentra aussitôt la tête dans la cabine, et se plaqua au mur frais et carrelé. La sueur parlait à son front. Tony Murrer n'avait plus eu peur de quoi que ce soit depuis que ses codétenus l'avaient encerclé au réfectoire, six ans auparavant. Mais il aurait beaucoup apprécié que Buck soit là, maintenant.

La porte de la cabine, qu'il avait pourtant pris grand soin de reverrouiller s'ouvrit à la volée, et l'assomma net.

Ces nouveaux plafonds « creux » étaient une invention formidable. Il était passé par les toits, et avait défoncé les cloisons pour arriver *sur le plafond*, littéralement. A présent, il enfonçait une à une toutes les portes des cabines en avançant nonchalamment, du plat de la main. Soudain il s'arrêta et plissa les yeux, tête penchée vers le sol, au milieu des cris effarouchés des clients dérangés dans leurs besoins.

« La bouche d'aération. »

L'arbalète démontable était de loin le moyen le plus discret et le plus efficace de tirer un certain genre de projectiles. Allongé dans sa bouche en question, le type du bar ne laissait dépasser que son bras. Grâce à un système d'emboîtement, son arme pouvait tirer les pieux par deux. Mais il ne visait déjà plus qu'une ombre mouvante.

Neuf mètres. C'était la distance qui séparait l'arme de son corps. Et pourtant il se pencha en arrière assez vite pour que le premier objet passe au-dessus de son corps à angle droit, et aille briser un carreau de faïence à côté de la porte battante de l'entrée. Le deuxième, un quart de seconde plus tard, l'atteignit, et il se retrouva éjecté vers la droite, heurtant le mur à quelques centimètres du distributeur de serviettes en papier à détecteur de mouvements, qui se mit en marche. Dans un raclement métallique, le tireur disparu dans la bouche d'aération.

Se redressant en grimaçant, l'inconnu laissa tomber ses lunettes noires de sa poche de poitrine. Ouvrant lentement la main, il y découvrit les échardes, miettes de ce qui avait été un court et fin pieux de bois. Lorsqu'il se redressa, ses mâchoires étaient crispées par la colère.

Secouant la tête pour recouvrer ses esprits, Tony Murrer se redressait sur ses mains. Un courant d'air lui frôla la joue, et il secoua de nouveau la tête. Il aurait juré que le type au long manteau de cuir noir se tenait devant lui un instant auparavant. « Je dois devenir dingue. » « C'est pt'être le shit ; j'devrais l'ver l'pied... ».

Il se releva, et marcha, hébété, hors de la cabine. Au milieu des grommellements encore stupéfaits des autres clients, il fixa l'orifice noir et vide de la bouche d'aération, puis la grille arrachée traînant sur le carrelage. Dans son dos, des bruits de pas retentirent, et le patron du bar entra par la porte battante, suivi d'un autre homme.

Murrer jeta un bref coup d'œil à John Craiger, puis refixa son regard sur la bouche d'aération.

Deux pigeons s'envolèrent à tire d'ailes lorsque la grille sur laquelle ils étaient posés se souleva. S'extirpant du trou, son manteau de cachemire partiellement déchiré, le tireur des toilettes publiques replia avec un claquement sec son arbalète portable, et la rangea à l'intérieur du vêtement, tout en faisant deux pas sur le toit de l'immeuble occupé au rez-de-chaussée par le café.

A peine eut-il redressé la tête que la forme noire lui barrait le passage. Son poing partit en un éclair, mais fut instantanément emprisonné dans un étau. Un choc prodigieux à la poitrine le fit reculer de près de neuf mètres, et son dos heurta violemment la porte métallique de la cabine abritant l'escalier d'accès au toit.

Déjà l'ombre fondait sur lui. En moins d'un dixième de seconde, il était sur la cabine, scrutant les alentours. Rien. Uniquement le vent.

C'est alors qu'il sentit une présence dans son dos, et fit volte-face pour écraser l'estomac ennemi de son poing droit, en ayant la sensation de cogner dans une plaque de fer. Une poigne indestructible le saisit à la gorge et le souleva de terre. Attrapant d'une main le poignet qui le maintenait, il tira de sa manche un long pieux de bois verni qui luisit sous les rayons du soleil new-yorkais. Mais son geste fut stoppé avant qu'il n'atteigne le cœur de son rival.

Profitant de la position, il frappa de son pied la face blafarde de l'autre, et passa sa jambe par-dessus le bras qui le tenait, avant d'enfoncer de sa main libérée par la diversion le pieux dans l'avant-bras à la manche de cuir. Un cri rauque retentit, et il retrouva le sol. Mais, de sa rage décuplée, son adversaire lui asséna un revers formidable, et quittant la cabine, il heurta le sol une dizaine de mètres plus loin. Déjà l'autre était sur lui, lui enserrant de nouveau la gorge avec un force implacable. Il était bloqué au sol, et désarmé ; impossible d'attraper son arbalète dans le revers de sa veste, ni d'échapper à l'étreinte meurtrière. « Il est trop fort. »

Au dessus de lui, se découpant par contraste sur le soleil étincelant, la forme sombre levait déjà le pieux affûté.

— Adieu, Spiky.

— Aladhar !

Les bruits des pas gravissant quatre à quatre les marches de fer leur parvinrent, et la porte de métal s'ouvrit à la volée, laissant apparaître John, hagard.

Un instant de distraction. Une seule chance. S'arrachant en hurlant de la poigne qui le maintenait au sol, il se redressa brusquement.

Sous les yeux de Craiger, et alors qu'un rugissement de fauve retentissait, la face de la chose qui était à terre plongea vers la gorge de son assaillant, qui eut juste le temps de baisser la tête. La bouche béante de l'un rencontra la joue de l'autre, et ils roulèrent au sol, rythmés par un long hurlement de douleur. Puis l'un des deux se retrouva comme par magie au bord du vide, et sauta.

John regarda son interlocuteur du quart d'heure précédent, à genoux, ramassé sur lui-même, dont la seule main visible, plaquée au sol par la souffrance, y laissait des traînées d'un sang opaque et sombre. Sans réfléchir, il courut jusqu'au bord du toit de l'immeuble, et se pencha dans le vide.

Là, en bas, la rue était envahie par les gens qui avaient déserté les cafés de part et d'autre de la voie, et semblaient discuter avec frénésie. Une voiture de patrouille de la police de Manhattan s'était arrêtée, sirène retentissante, pour disperser l'attroupement. Mais quand les gens excités se séparèrent, et que la route redevient visible, John frissonna : Ils ne s'étaient pas rassemblés *autour* de quelque chose.

L'immeuble culminait à près de cinquante mètres de hauteur.

Et personne ne s'était écrasé en bas.

* * *

Los Angeles, Californie, 11 mars 2010

La musique techno rugissait à plein volume, tandis que la Ferrari, sa carrosserie rouge flambant des reflets de l'éclairage des réverbères, avalait les lignes blanches au rythme régulier du ruban d'asphalte.

Scott termina d'avaler une lampée de pur malt, et passa la bouteille à la blonde rieuse affalée sur le siège de cuir beige côté passager. Entre deux éclats de rire, il regarda l'heure sur le tableau de bord de son bolide : 4h30 du matin.

Il faudrait retourner à la fac, le lendemain...

Il jeta un coup d'œil à Maria. Elle s'en fichait. A 27 ans, elle venait d'être embauchée comme coiffeuse dans le centre-ville de la Cité des Anges. Et demain était son jour de repos. « Mais on ne peut pas dire non à sa meilleure amie... »

Maria s'arrêta enfin de rire, et cala sa chevelure d'or sur l'appui-tête du fauteuil d'un air fatigué. Scott soupira.

– On ne sort plus, ce mois-ci, Goldman, dit-il avec un sourire en coin.

Elle se redressa vivement, et puis, d'un air faussement dédaigneux :

– Vous êtes terriblement coincé, monsieur Jefferson...

Scott laissa échapper un demi-rire, et tourna ses yeux malicieux vers sa compagne :

– Oh, non ! Allez, t'as assez picolé, va...

Tendant le bras, il lui arracha le whisky des lèvres, et jeta le récipient sur la banquette arrière après l'avoir précautionneusement rebouché.

– Mais non, Scott...!

Se levant vivement, la jeune femme entreprit de passer à l'arrière du véhicule. Scott jeta un coup d'œil dans son rétroviseur, et pinça les lèvres.

– Maria...

Puis il reporta son attention altérée sur la route. De derrière, la voix affairée de son amie lui parvenait :

– Laisse-moi : Je fais ce que je veux... Je n'ai pas d'études à réussir, MOI...

Scott secoua la tête. Cette fille était incorrigible... Mais il fallait essayer tout de même ; c'était le jeu.

– Dis, t'es sûre que c'est raisonnable ? T'as vu c'que tu t'es mis, ce soir ?

Pas de réponse. Scott regarda à nouveau dans son rétro.

— Maria ?

Rien. Personne.

— Maria ?!

Quittant la route des yeux, il se pencha, tenant le volant d'une main, sur la banquette arrière. La bouteille de whisky était là, posée sur le cuir brillant à la lumière des réverbères. Mais pas Maria Goldman.

Quand Scott Jefferson se retourna, paniqué, une silhouette sombre obscurcissait son pare-brise. Il donna un coup de volant brutal. Et n'entendit même pas les klaxons qui l'avertissaient du choc imminent.

* * *

Manhattan, New York, 15 juin 2010

— *I'm not afraid...*

Ses épaules se balançaient régulièrement au rythme de sa démarche posée et détendue, ses bras suivant le mouvement le long de son corps d'un mètre quatre-vingt-cinq, aux épaules larges et carrées. Dans le pénombre du bâtiment, seul le froissement du cuir souple de son manteau troublait le silence insonorisé du couloir. Ça, les talons de ses chaussures sur le linoléum fraîchement astiqué, et la mélodie qu'il fredonnait.

Nonchalamment, ses mâchoires nettement dessinées effectuant un léger va-et-vient nécessaire à la mastication de son chewing-gum, il s'arrêta devant les portes coulissantes de l'ascenseur, et appuya avec légèreté, mais insistance, et jovialité sur le bouton d'appel.

– *We'll walk this road together...*

Le tintement sonore d'ouverture des portes métalliques retentit, et il pénétra dans la cabine, avant de presser le bouton du treizième étage.

– *...Whatever weather, cold or warm...*

L'ascenseur montait lentement, la lumière vive au-dessus de lui éclairant le carré impeccable de sa brosse couleur de châtaigne jaunie.

– *...down the same road !*

Comme un symbole, la montée de la cabine prit fin en même temps que le refrain d'Eminem. Les portes s'ouvrirent. Il attaqua le premier couplet en sortant.

Le couloir principal du treizième était plongé dans l'obscurité. Seuls, les claquements de ses talons résonnaient le long des murs garnis de ces portes argentées que l'on voit dans les films de business américains. Fluides, les paroles du rap s'enchaînaient, accompagnées à présent par les gestes des mains en vigueur dans le Bronx. Il était surexcité. Ou comme d'habitude.

Soudain, il arrêta. Pas, musique, mouvement ; tout. Porte 15.

Avec délicatesse, il colla son oreille au panneau d'inox, mimant une fausse discrétion. Au bout d'une dizaine de secondes, il la retira, satisfait. Et se remit à chanter. Elle n'était pas verrouillée. Et quand bien même...

Pénétrant en fredonnant dans la pièce sombre, il ne prit pas la peine de refermer la porte. Nuit sur nuit, ça ferait ton sur ton...

Il s'achemina vers le bureau qui se trouvait en face de lui, et promena sa main sur les piles de paperasses qu'il supportait, avant de porter son attention sur le meuble lui-même. Faisant glisser son doigt le long du rebord, il effleura la matière du bureau, puis porta l'index à sa bouche, en touchant délicatement le bout de sa langue. Toujours le doigt en suspend, il agita les lèvres comme quelqu'un qui savoure les effluves restantes d'un bon vin, puis fit claquer sa langue, convaincu.

— Hum. Inox.

Souriant à son propre humour, il s'empara d'un fichier sur le bureau, et entreprit d'y jeter un coup d'œil en s'approchant de la baie vitrée qui séparait la pièce du vide, mais pas de la nuit, sur laquelle il appuya nonchalamment son coude droit, presque concentré sur le document en sa possession.

— Vous ne trouverez rien là-dedans.

Relevant brusquement le nez de sa lecture, il porta aussitôt son regard vers le deuxième bureau, situé au fond de la pièce, à sa gauche, et plus précisément sur le fauteuil de dos qui l'agrémentait. Après un court silence, il dit simplement, comme une évidence, en haussant les sourcils :

— ...Pourquoi ?

Le fauteuil se retourna lentement, et l'homme d'une cinquantaine d'années qui y était assis répondit :

— Parce que c'est la liste des fournitures scolaires de la fille de mon assistante.

D'un geste, il désigna le meuble dont provenait le document.

— Et ça, c'est son bureau.

L'autre sembla réfléchir un instant, fixant un point quelque part sur le mur du fond. Puis, contre toute attente, il demanda :

— … à la gosse ?

John sourit doucement dans les ténèbres. Il savait que l'autre pouvait le voir. C'était à peu près tout ce qu'il savait, d'ailleurs. Il demanda :

— Vous voulez l'article?

L'autre inspira par la bouche avec un léger rictus de fausse hésitation :

- Bah ; au début, j'vous cache pas que j'étais assez sur : j'arrive en chantonnant, je fouille un peu discrètement – s'il le faut, j'renverse un ou deux tiroirs -, ... et j'me tire.

Nouvelle hésitation ironique.

- ...Mais, puisque vous êtes là - jolie intrusion ténébreuse, au fait ; je note...-, je serais assez tenté de répondre « oui », en fait...

John resta impassible. Le silence se réinstalla. Mais cette fois, l'intrus ne le brisa pas, préférant hausser les sourcils en dodelinant de la tête d'une manière grotesque.

- Alors ?

L'inconnu baissa ses sourcils qui se froncèrent.

- Alors... quoi ?

John haussa les épaules avec légèreté :

- Alors... Vous en êtes un ?

Semblant réfléchir, le troublant visiteur leva un instant les yeux au plafond, perdu dans ses pensées, puis les ramena sur le journaliste, visiblement parvenu à une impasse. Inspirant par la bouche comme pour se donner le temps de préparer ce qu'il allait dire, il répondit enfin :

- Là encore, je serais, dans l'absolu, assez tenté de dire... « oui » - le « oui » avait été lâché dans un murmure, accompagné d'un mouvement des doigts, comme un mot magique - ... Mais, voyez vous, j... je n'sais pas de quoi vous parlez.

Après ces mots, sa bouche se tordit en un rictus affichant un dépit gêné. John leva les paumes sous le coup de l'évidence, toujours aussi léger :

- Eh bien un *wapiez,* en polonais...

L'autre sourit, le regard perdu, nostalgique.

- Ah! ...La Pologne...
- ...Ou bien, *бамnup*, en russe, *upir*, en tchèque et slovaque...

Grimace.
- Ouh !... Pas bons souvenirs...
- ...A moins que vous ne préfériez l'ancienne forme serbo-croate, *упыръ*...
- ... jolie prononciation.
- ... Qui elle même donna la forme qui inspira celle de l'anglais, l'allemand *vampir*...
- Exact...
- ... *Vampire* en français.

Sourire perdu.
- Chiens de français!...
- ... Un vampire, quoi.

Silence.

Puis, lentement, le regard noir de l'inconnu vint de manière terrifiante se fixer dans celui de Craiger, et le mot, dans un souffle passionné, franchit ses lèvres :
- ... Oui...

Craiger baissa la tête. « Vingt-cinq ans, nom de Dieu... ». Mais il enchaîna comme si la factrice venait de lui faire signer le bon de réception d'un recommandé :
- Cela fait un mois que je balance dans tous les journaux pas trop « terre-à-terres » que le grand et célèbre ex-reporter John Craiger va revenir aux affaires le 17 juin, dans le Times, en publiant enfin l'article qui révélera et expliquera tout sur le mythe des vampires. Tout.

Pas de réponse.

— On est le 15, je dois donner l'article demain soir à la rédac du journal, et enfin, vous êtes là.

Il le regarda, mais ne vit rien dans ses yeux perçant les ténèbres.

— Vous voulez ce putain d'article.

Rien. John inspira, leva simultanément ses deux mains des accoudoirs de son fauteuil, et les y reposa pour s'y appuyer. Il se leva en grimaçant. Il avait réellement cinquante ans, en cet instant.

— Seulement, voilà : moi aussi. Moi aussi, je veux cet article.

Toujours rien. S'approchant de *sa* créature, Craiger l'imita en se plaçant à ses côtés pour regarder, à travers la vitre, les voitures qui filaient dans le labyrinthe d'asphalte new-yorkais.

— Les vampires « sucent »-ils le sang humain? Voient-ils dans le noir? - A ces mots, il sourit - Sont-ils immortels - ou plutôt peuvent-ils mourir, et si oui, comment ? - L'ail, l'eau bénite, les crucifix, les balles en argent, les pieux, tout ça...?

Il regarda un instant le vampire inanimé, et reporta son attention sur le balais automobile nocturne.

— Quels sont au juste leurs pouvoirs, ou leurs « facultés » ? Se transforment-ils en chauve-souris quand vient le soir ? - il rit cette fois - Sont-ils morts ?... Vivants ? Les vampires sont-ils des êtres maléfiques ? Les vampires ont-ils toujours existé ? Les vampires, les vampires, les *vampires*...

Il se tourna d'un coup, s'approcha jusqu'à frôler de ses lèvres l'oreille de son interlocuteur, et murmura :

— Parce que je sais qu'ils existent, moi, les vampires.

Et puis, lentement, très lentement, il retourna s'asseoir. Le silence, plus fort que tout et que jamais, repris ses droits. De longues minutes.

– Vous n'avez pas posé la question essentielle, John.

John ne répondit pas. L'autre poursuivit néanmoins, toujours le nez contre la vitre qui s'emplissait progressivement de buée :

– Comment devient-on un vampire? Cela ferait un bon début pour votre article.

Silence.

– Je vais vous le dire, John : il faut qu'un vampire vous morde, et aspire votre sang jusqu'à ce qu'il ne reste en vous que la plus infime dernière étincelle de vie. Alors, il faut qu'il vous fasse boire son propre sang. Et là, lorsque cette petite étincelle s'éteint, vous ne mourrez pas. Pas vraiment.

John se redressa. Dans ses yeux, seuls, les cinquante années passées ne comptaient pas.

– Et comment faites-vous pour vous nourrir?

– Comme dans les films. A la différence près que l'on ne retrouve pas nos victimes.

John ne dit rien. « Sauf... ».

– Les quantités sont variables, et au choix. Comprenez bien que nous ne pouvons jamais vraiment mourir. Pas de faim , en tout cas. Mais nos « facultés », comme vous dites, ainsi que notre résistance au soleil, par exemple, dépendent de la régularité de notre alimentation. Sans manger pendant un certain temps - je dis bien « un certain temps » - nous finissons par dépérir totalement. « Dépérir », pas « Périr ».

Une lueur s'alluma dans le regard du quinquagénaire. Une lueur de malice.

– ... Hum-hum. Mais il y un moyen, n'est-ce pas ?

Silence.

– Eh bien je dirais qu'il y en a au moins un.

— Et vous n'allez pas... me le dire ? Parce que je suppose qu'à présent que vous savez que je n'ai pas écrit cet article, et que votre secret est bien gardé, vous allez... me tuer ?

Le vampire tourna la tête vers l'homme qui lui parlait d'un article dans le Times, et, sans prévenir, éclata d'un rire brutal et sonore.

— Ah! Ah! Ah!Ah! Ah! Ah!... Vous n'avez rien compris, n'est ce pas John ?

John le fixait, incrédule.

— Je n'ai rien à faire de votre article, mon vieux. Je veux savoir ce que vous savez sur mon frère.

De nouveau le silence. L'évidence était là, palpable. Et cette évidence montrait clairement, dans la nuit d'été américaine, que plus rien n'était alors réellement évident.

— ...Votre *frère* ?

— Oui, mon frère. Aladhar.

Les yeux du reporter s'agrandirent.

— Fuyez.

Trop tard.

Avant que le vieux journaliste n'ait terminé de parler, son visiteur était déjà devant la porte. Mais une poigne d'acier qu'il reconnut immédiatement lui enserra la gorge. Dans un souffle d'air, son assaillant se retrouva face à la baie vitrée contre laquelle il le plaqua. John se leva d'un bond. Et fut renfoncé dans son siège par une main de fer sur son épaule.

— T-t-t-t...

Ils étaient partout. Les vampires. Venus d'Europe, d'Asie, d'Afrique. Ils avaient tué sur leur passage pour signifier qu'ils se rapprochaient. Et maintenant, ils étaient là, une dizaine dans la pièce, dans la nuit.

— Ah... Spike...

La voix était grave, caverneuse. Les cheveux d'ébène lissés en arrière luisaient dans l'obscurité. Tout comme les dents, d'une blancheur lumineuse.

— Tu n'aurais pas du venir, Spike...

Le nouvel orateur secoua tristement la tête, puis sourit. A en glacer le sang.

— Tu vois, je pensais qu'après toutes ces années, ce vieux fou serait de pouvoir te faire sortir de ton trou, de pouvoir te retrouver...

Il baissa la tête une seconde, et lorsqu'il la redressa, ses yeux semblèrent fouiller, tout remuer jusque dans les tréfonds de sa victime.

— J'n'avais pas prévu, en disant à cet imbécile que je m'appelais Aladhar, qu'en m'interpellant sur ce toit il permettrait de te ramener à moi. Je n'avais pas prévu qu'il faudrait te ramener une seconde fois, en fait...

Disant ces mots, il porta sa main libre à l'horrible cicatrice noueuse qui ornait sa joue gauche, en grimaçant. Puis, un sourire vint jouer sur ses traits sombres :

— Ton frère ne serait jamais tombé dans le panneau.

Mais Spike ne broncha pas. Au lieu de cela, respirant avec peine sous l'étreinte de titane, il murmura :

— ... Tu as dit : « ce vieux fou ».

L'autre haussa les sourcils.

— ... Et ?

Douloureusement, Spike se mit à rire. Tout doucement d'abord, puis plus fort, avant de s'arrêter dans une quinte de toux. Il articula :

— Et... tu as quatre-cents-cinquante-et-un ans.

Le rire reprit de plus belle, mais sa faiblesse laissait deviner, associée à la dureté du visage de son bourreau, un durcissement de la poigne sur son cou.

— Quatre-cent-cinquante-et-un ?

Tandis que le plus jeune des deux vampires riait toujours, l'autre tourna brusquement la tête vers celui dont il avait momentanément oublié la présence. John reprit :

— Alors, même ça, c'était faux ?

Silence. L'autre réfléchissait.

— En voyant arriver vos... - il hésita - « amis », j'ai compris que vous n'étiez pas ce pauvre vampire traqué, nommé Aladhar, « en l'état » depuis seulement cinquante années, et avec aux trousses une armée de monstres sous les ordres du chasseur de vampire le plus dangereux, devenu lui-même comme ses proies pour mieux les pourchasser. Vous avez tout inventé, bon Dieu !?

La dernière phrase avait tonné dans le calme et la froideur nocturne du bureau. John Craiger, Durand de naissance, s'était fait berné. Et il ne le supportait pas. Un raclement rauque s'infiltra dans l'épaisseur du maître Silence. Toutes les têtes tournèrent vers Spike, qui répéta :

— Non...

Il attendit quelques instants avant de pouvoir reprendre :

— ... Il existe. ... C'est moi.

Nouveau rire étouffé, nouvelle quinte de toux. John se demanda s'il lui était réellement impossible de « périr ».

— ... A la différence près que c'est lui qui m'a transformé, et que c'est lui, le chasseur, qui veut à présent exterminer tous les autres, et affirmer, avec ses sbires, son autorité sur les derniers. Je suis le seul qui s'oppose encore à lui. Et... il a tué... mon frère.

Après cela, le silence revint comme par évidence. Puis, à la surprise de John, le maître des vampires hocha la tête, comme pour signifier qu'il était d'accord avec à peu près tout, et lui demanda, en le regardant dans les yeux :

— Vous avez vu Le masque de Zorro ?

- Hein ?
- Le masque de Zorro, le film, vous l'avez vu ?

John, déboussolé, hésita :

- Euh... Oui.
- Très bien. Alors vous devez vous rappeler qu'à un moment, le méchant capitaine dit au jeune et vaillant Zorro : « deux frères... »
- « ... la même mort. »

A peine John eut-il complété la citation que le démon, dans un rugissement de fauve, se jeta sur la gorge qu'il venait de lâcher.

Tout alla très vite. Déjà le plus vieux des vampires s'écrasa contre la porte par laquelle il avait dû entrer ; les souffles d'air qui balayèrent la pièce firent voler et disséminèrent la paperasse à ses quatre coins, et les mèches blanches qui tombaient sur le front du vieux John se soulevèrent le temps d'un battement de cils.

Les cris rauques se multiplièrent tandis que les silhouettes disparaissaient une à une dans un nuage de fumée noire. Le bruit sec de l'arme - une espèce de mitraillette à canon étrangement large - indiqua à John qu'elle était vide. Spike et son chasseur se jetaient déjà l'un sur l'autre, seuls, pieux à la main, dans un concert de rugissements.

Le choc, et puis tout s'arrêta : le bruit, la haine, la peur, la soif de sang, la nuit, le silence même. Tout. De sa place, John Craiger put voir Spike qui glissait à l'oreille de celui qu'il tenait en une étreinte serrée, dans un murmure de mort aux syllabes ironiques finement détachées :

- Ce n'est pas à toi que je vais apprendre qu'une partie d'un vampire qui lui est arrachée, tant qu'elle ne lui est pas rendue, devient indestructible. ...Qui aurait pu croire qu'une nuit, c'est un morceau de ta chair qui te barrerait le chemin de mon cœur ?

Alors, le journaliste vit la puissante créature, le maître dominateur de ces êtres de légende aux pouvoirs irréels, les vampires, porter sa main à sa joue gauche. John n'avait nul besoin de voir son visage pour savoir qu'il était battu. C'était terminé.

— Johnny, poursuivit Spike, lorsque j'aurai terminé, le contre-coup me mettra… très mal à l'aise pendant… un certain temps. A vous de choisir le résultat que vous voudrez donner à toute une vie de recherches.

Puis, dans un dernier souffle à peine audible :

— Adieu Zora. Tu avais raison : mon frère ne serait pas tombé dans le piège.

Et sa bouche plongea toute entière dans le cou de la seule victime qu'il avait toujours voulu posséder.

Le regard de John errait dans le vide de la nuit. Pendant « un certain temps », il n'entendit qu'un bruit de succion, en arrière plan. Mais il était perdu dans ses pensées. Des pensées qui lui martelaient que dans quelques instants, le corps affaibli d'une créature qu'il avait côtoyée plusieurs semaines d'affilée, et qui l'avait manipulé comme un jouet d'argile que l'on brise entre ses doigts en riant, perdrait substance d'un coup de pieux. Et alors, pour le survivant, celui qui était rentré dans son bureau en pleine nuit, et sans frapper, celui qu'il avait involontairement fait venir à lui, commencerait soubresauts et gémissements. Il n'avait mis que quelques secondes à savoir tout ça.

John regarda le morceau de bois à la pointe effilée sur le rebord de son bureau, tombé là durant la bataille. Il n'avait pas mis quelques secondes à savoir tout ça. Il avait mis toute une vie.

* * *

Briançon, France, 15 juin 2041

— Ouais, ouais... Okay, Josh. Okay...

Mickael Craiger, s'aidant de sa main libre, dont la pierre noire d'une chevalière en argent brilla dans la semi-pénombre, sur la rampe d'escalier, franchit la dernière marche, et changea d'oreille le combiné de son téléphone sans fil.

— Oui. Je l'ai, oui...

Ayant pénétré dans la pièce aux sons geignards du parquet grinçant, il se trouvait devant le fameux bureau de chêne massif, à demi dans l'obscurité, en raison de la présence des grands rideaux verts usés qui ne permettaient qu'à de rares rayons d'un soleil éclatant de s'immiscer dans la pièce poussiéreuse, aux murs tapissés de ses étagères couvertes de livres... « Oncle John est mort ici ».

Mais c'était à Los Angeles, là où John Craiger avait à coup de papiers minables terminé sa carrière de grand journaliste, dans l'oubli, avant d'acheter cette maison dans le Vercors et d'y mourir à l'âge de 84 ans, que le notaire lui avait remis la boîte qui se trouvait à présent sous ses yeux. Son héritage. Déposé dans la plus grande banque de la Cité des Anges à son attention.

Un vieux livre, et un disque rayé. Ainsi qu'un mot.

— Je dois te laisser, vieux ; on s'appelle.

Mike raccrocha, passa sa main dans ses cheveux noirs et longs, et s'assit dans le fauteuil de cuir tanné, avant d'ouvrir la boîte avec précaution. Il prit la feuille de papier jauni pliée en quatre, et relut, toujours avec la même ferveur, et pour la énième fois, les mots suivants :

Jadis, j'ai décidé de rayer une bonne fois pour toutes le passé. Mais on ne peut jamais vraiment s'abstenir de regarder en arrière. Ce bouquin et ce disque - dont j'ai eu l'honneur d'entendre le titre principal en avant première avant de l'acheter par curiosité - ont été les derniers vestiges de ce à quoi j'ai renoncé. Toi seul saura les apprécier à leur juste valeur.

C'est à ton tour de faire un choix, mon grand. Bonne chance.

Johnny

Mike se renversa sur son siège, et reposa la lettre sur le sous-main de cuir noir en respirant profondément. « *Johnny...* »

Lentement, il prit le boîtier transparent, l'ouvrit, et glissa le vieux disque dans la chaîne-hifi, étrangement high-tech, sur le bureau. Oncle John avait modifié l'ordre des titres, pour tomber directement sur le morceau qu'il voulait entendre en piste 1. Le flot des paroles ardentes vint se mêler aux rais de lumières qui véhiculaient dans une irréelle clarté les particules de poussière.

I'm not afraid...
(I'm not afraid...)
To take stand...
(To take stand...)

Craiger s'empara du livre, à présent. *Dracula*, de Bram Stocker.

Du haut de ses 35 ans, Michael Craiger, de nationalité américaine et travaillant en France, commençait à se faire un nom. Reprenant les recherches de feu son oncle déjà célèbre, et s'appuyant sur la réputation houleuse de ce dernier, il faisait parler de lui dans la communauté scientifique, comme L'homme-qui-donnait-une-explication-génétique-aux-pouvoirs-supposés-des-vampires. Un illuminé. Un malade.

« Pourquoi tu as laissé tomber, Oncle John ? »

Observant la couverture du livre, Michael laissa échapper un rire de dédain. Oncle John avait perdu la tête ; c'était la seule explication. Ce conte n'était pas sérieux, pas réaliste ; en aucune façon le mythe des vampires ne pouvait puiser la moindre origine dans de telles affabulations... Il était vrai cependant que ce roman était le premier à marquer une démarcation des croyances populaires et traditionnelles antérieures. Il avait fait des recherches. Avec résolution, Mike l'ouvrit.

Et rien.

Il avait déjà vu les notes de son oncle, les avait parcourues de droite à gauche, sans rien y déceler. Pas même le plus petit indice sur la voie à explorer. Oncle John était bel et bien devenu sénile. Ça ne pouvait qu'être ça...

En soupirant, le jeune Craiger reposa avec exaspération l'ouvrage, et entreprit de s'extraire de son fauteuil avec une grimace renfrognée.

Lorsque les canines effilées s'enfoncèrent dans la chair de son cou, il sut que c'était lui qui n'avait pas compris. Pas assez cherché. John n'avait pas renoncé, il avait voulu le guider, ou le prévenir... Mais lui n'avait pas su voir.

Le vampire releva avec un râle de plaisir la face de sa victime asséchée, et s'essuya la bouche d'un revers de manche, avant de se redresser.

—   Mike Craiger, je présume ?

Son sourire aurait fait frissonner un mort. Et Mike était toujours en vie.

—   Votre théorie d'une métamorphose génétique d'un individu lors de la morsure d'un vampire - développant sa force (il récitait comme un acteur à sa première audition), réduisant considérablement, voir abrogeant l'oxydation de ses cellules, ou accélérant de manière prodigieuse la coagulation, et donc la cicatrisation... c'est bien ça ? - est... intéressante.

Seul le silence lui répondit. Il haussa les épaules.

—   Intéressante... mais fausse. Oh! Johnny, enfin...

Il prit le livre de Stocker, et le regarda un instant avec amusement.

—   Ah ! ... Ce brave Bram. Je ne lui ai rien dit, mais il a compris certaines choses tout seul. Peu, mais certaines...

Il tourna la tête vers Mike, inanimé.

—   Et on était en 1897 !

Puis, après avoir réfléchi en instant, il se retourna brusquement, et ouvrit en grand les vieux rideaux poussiéreux. Le soleil vif qui pénétra dans la pièce frappa son visage de plein fouet, et il ferma les yeux, comme pour s'abandonner tout entier à sa chaleur. Après un moment, il se retourna.

—   Tiens ! Je connais l'album par cœur, pour ainsi dire... Mais il m'étonnerait que John ait écouté celle-là. ...La 1, je parie.

Et il appuya sur bouton « précédent ».

I'm not afraid...

Une goutte d'eau dans l'océan

« ...C'est donc vers dix-neuf heures, d'après l'administration pénitentiaire, que Sigmund Lagache, surnommé *Freud* par ses patients et son entourage, aurait faussé compagnie au personnel chargé de l'escorter vers le fourgon qui, vous l'apercevez derrière moi, était fin prêt à l'escorter vers le tristement célèbre centre pénitencier des Baumettes, où, on le rappelle, il avait été condamné en début d'après-midi par la cour d'Assises de Marseille à passer au minimum les vingt-deux prochaines années ; c'est en effet la peine de sûreté qui accompagne ses trente ans de réclusion criminelle pour les quatre meurtres dont il a été reconnu coupable.

Si pour le moment nous n'avons malheureusement aucune information

à vous transmettre quant aux moyens mis en œuvre par le fugitif pour s'évader, il semblerait d'après des fuites de sources proches du dossier
que l'encadrement policier du célèbre médium ne garde étrangement aucun souvenir de la manière dont se sont déroulés les événements, ce qui n'est
pas sans rappeler le cas de Marie-Laure Jasionne, la seule victime présumée de Lagache encore en vie.

On rappelle ce soir que l'homme recherché mesure un peu plus d'un mètre quatre-vingt, qu'il a trente-deux ans et que lors de son évasion en début de soirée il portait un T-shirt gris près du corps, et une parka noire ; si vous le voyez, contactez immédiatement les services de police. Il s'agit d'un individu instable et très dangereux, qui, on le rappelle pour mémoire... »

David Fishermann appuya sur le bouton de veille de la télécommande, et sur le grand écran plasma Panasonic, l'image de *Freud*, souriant à l'objectif des forces de l'ordre comme sur une photo souvenir du cap d'Agde, laissa place au noir « profond » proposé par le haut de gamme de la firme japonaise. Péniblement, il se tira de son fauteuil imperator, ses doigts crissant sur le cuir des larges accoudoirs qui l'y aidèrent.

Il se leva, marcha vers la grande armoire en teck à côté du home cinéma, sentant au passage qu'il avait oublié de mettre ses pantoufles lorsque la plante de ses pieds passa du parquet chauffé au moelleux de l'épais tapis qui recouvrait le sol devant le meuble. Il se pencha, ouvrit l'un de tiroirs, et se mit à consulter une partie de sa collection de DVD blue-ray, qui en comptait plus de cinq mille, en quête du film qui allait occuper sa soirée. Celui-ci terminé, il irait se coucher, et lirait quelques chapitres de l'un des plus de dix mille romans que comptaient sa bibliothèque. Comme tous les soirs.

Dans le tiroir de l'armoire, pas de films subversifs ou engagés du cinéma tchèque, pas de brûlot cinématographique sur la maestria gauchiste sud américaine non plus Il en avait, des comme ça, mais pas dans les tiroirs du bas. Il arrêta son choix sur *Captain America : Le soldat de l'hiver*, songeant que cela irait parfaitement avec *Twighlight : Hésitation*, qu'il lisait en ce moment. Il sortit le petit disque de son boîtier comme neuf, car acheté dans la semaine pour remplacer le précédent, ouvert plus de quatre foi, se dirigea vers le grand écran Panasonic, sous lequel il ouvrit le compartiment prévu à cet effet du lecteur laser, y inséra le film, et revint s'asseoir dans son immense fauteuil. Puis il déposa le boîtier à côté de la télécommande pour le téléviseur, à sa droite, quand quelque chose vint le distraire. Identifiant rapidement la cause de son malaise, il saisit une autre télécommande, posée elle sur sa gauche, se pencha à peine, et d'une pression du doigt, augmenta l'intensité du feu derrière la vitre de la grande cheminée entièrement automatisée qui chauffait le salon de son appartement de cent-vingt-sept mètres carrés. Une pression sur une troisième télécommande, pour choisir la langue *Français*, et le film démarra.

Jamais David Fishermann ne piquait du nez devant son film du soir, ce soir pas plus que les autres soirs, et ce même lorsque, comme ce soir-là, il avait déjà regardé le film en question deux autres fois dans la même semaine, alors qu'on était vendredi seulement. Les soirs, chez David Fishermann, se devaient d'être rigoureusement tous semblables, à une différence près : le film,

ou le livre. Il avait déjà vu *Le soldat de l'Hiver*,
mais en lisant *Harry Potter et la Coupe de feu*, et *Le Diable s'habille en Prada*
. Pas deux fois la même combinaison. Jamais.

Mais ce soir-là, comme jamais aucun autre soir auparavant, David Fishermann arrêta le film avant la fin. Et, comble de l'inhabituel, il délaissa pour se faire les diverses télécommandes destinées à cet usage, et se leva d'un coup pour aller appuyer sur le bouton du lecteur. Aussitôt, le dialogue entre Captain America et son fidèle acolyte et ami prit fin, et le petit disque blue-ray jaillit de la machine juste sous ses yeux. Et il resta là, un moment, sans le prendre. Ce soir n'était pas un soir comme les autres, pour David Fishermann. Même s'il ne savait pas encore bien pourquoi.

Alors, comme si chaque détail de la scène avait été pensé, écrit des semaines, et des mois même, à l'avance pour que tout, en un lieu qui serait l'appartement de David Fischermann, et en un temps qui serait cette soirée de mars 2015 vers vingt-deux heures trente, concorde et s'accorde à former un ensemble aux éléments imbriqués les uns dans les autres de sorte que tout, absolument tout, soit propice à créer une histoire difficile à croire mais passionnante à raconter, comme c'est étrangement le cas parfois, il se redressa, fit quelques pas vers un guéridon marbré proche du meuble télé, sur lequel trônait une chaîne stéréo dernier cri, et fit défiler la playlist digitale préenregistrée dans laquelle il puisait, en remplacement de la séance lecture, une fois la semaine d'ordinaire, le dimanche seulement. Son choix s'arrêta très vite, sur un morceau qu'on aurait dit, encore une fois, composé pour ce qui allait suivre.

Et les premières notes s'élevèrent.

A drop in the ocean,
A change in the weather,
I was praying that you and me might end up together...

A drop in the ocean, Ron Rope, version enrichie. Cette chanson, il l'avait entendue deux ans plus tôt pour la première fois, au cœur de *Vampire diaries*, dans sa période « séries », celle juste avant la période « films », et juste après la période « peinture », qui n'avait duré que quelques semaines. Et à l'époque comme maintenant, et comme à chaque fois qu'il la sélectionnait dans la play-list, elle lui avait fait mal. Mal au plus profond de son être, de manière inexplicable. C'était le cas de toutes les chansons de la play-list du guéridon en marbre. La musique, chez David Fishermann, ne servait ni à se vider la tête, ni à faire la fête, ni à se motiver pour faire des pompes. Elle n'était là, sur le guéridon, que pour l'aider à *ne pas oublier*, une fois par semaine, le dimanche soir.

Il revint s'asseoir, et ferma les yeux. Il n'avait pas besoin d'éteindre les lumières, ou d'un verre de whisky. Même lorsqu'il mettait de l'opéra classique. Il avait juste besoin de se forcer à *se rappeler*.

I don't wanna waste the weekend,
If you don't love me, pretend
A few more hours, then it's time to go...

Et quand il se retourna, sans indice, sans que rien ne d'autre que le simple fait que l'histoire serait plus belle ainsi, il n'eut pas besoin de feindre la surprise devant l'homme assez jeune, assez grand, les cheveux en bataille et vêtu d'un tee-shirt gris cintré sous une parka sombre, qui était planté, immobile, en plein milieu de son salon. Sans savoir pourquoi ça et pas le fait d'appeler la police ou de se précipiter sur le premier objet contondant qui lui tomberait sous la main, la première chose qui passa à l'esprit de David, ce fut les chaussures de l'inconnu. Ses bas de jean élimés, et ses chaussures, trempés, qui dégoulinaient sur son tapis « blanc ivoire Annapurna » de chez Angelo.

— Bonjour, dit simplement l'homme.

C'était surréaliste, aussi David répondit-il :

— Bonsoir.

L'étranger eut un petit signe de tête entendu, puis demanda, toujours

— très calme :

— Puis-je m'asseoir ?

— Euh... Non, je ne préfère pas : la femme de ménage est passée ce matin ; elle ne reviendra pas avant lundi...

L'homme à la parka noire eut parfaitement l'air de comprendre, aussi il

— ne dit rien.

— Mais vous devez déjà le savoir, non ?

Cette fois, l'homme à la parka arqua un sourcil, première manifestation perceptible de son étonnement.

— Savoir quoi ? demanda-t-il.

— Eh bien : qu'elle ne repassera pas avant lundi. La femme de

— ménage. Enfin : la dame du ménage ; enfin : la personne qui

— s'occupe du ménage. Vous êtes l'homme de la télé, c'est bien ça ? ...Le médium ?

Comme si après cela tout s'éclairait, l'homme à la parka répondit, visiblement remis de ses inquiétudes :

- Ah ! Oui, c'est ça. Sigmund Lafarge. Vous pouvez m'appel...
- *Freud*, oui. Je sais. Bien que je ne sois pas votre patient. ...d'ailleurs : doit-on dire « patient », ou « client » ?
- On dit ce qu'on veut. Mais c'est vrai : vous n'êtes pas mon client. ...pas dans ce sens là.
- Vous pouvez enlever votre parka, en revanche, si vous le voulez : il y a un porte-manteaux dans le couloir juste der...
- Oui, j'ai vu. Mais non merci ; ça ira.

Et après ça, plus rien. Enfin pas plus rien : la musique, toujours.

Misplaced trust and old friends,
Never counting regrets,
By the grace of God, I do not rest at all...

- Donc vous êtes médium ?
- Oui.
- ...Et comment ça marche ? Vous utilisez des cartes, une boule de cristal... Vous avez des visions, peut-être ?

Comme si cette question était celle à laquelle il s'attendait, plus qu'à « Est-ce que vous avez l'intention de me tuer, moi aussi ? », Sigmund Lafarge répondit le plus normalement du monde :

- C'est plus ça, oui... En fait je touche les gens. C'est le contact charnel qui permet le passage des flux.
- Les *flux* ? C'est comme ça que vous dites ?
- ...On dit comme on veut.

— ...Ah. Donc, c'est pour ça que vous portez des gants ? Pour éviter de toucher n'importe qui ?

Cette fois, l'homme à la parka ne répondit pas. Cette fois, la vraie question aurait dû être : « Est-ce que vous portez des gants pour éviter de laisser vos empruntes en me tuant ? ».

Heaven doesn't seem far away anymore no, no
Heaven doesn't seem far away...

— C'est une très belle chanson.

Le ton était grave, à présent, entre Sigmund Lafarge et David Fishermann. Ce dernier répondit, d'une voix éteinte :

— Très, oui. Elle se termine, maintenant.

Son interlocuteur acquiesça sombrement.

But I'm holding you closer than most,
'Cause you are my heaven.
Oh, you are my heaven !...

Trois dernières notes de piano, et puis plus rien, à nouveau. Quelques secondes de silence tendu, puis l'homme à la parka inspira profondément par la bouche :

— Bon ; allez.

Il plongea sa main droite dans la doublure de sa parka sombre, et en sortit un long couteau de cuisine à la lame étincelante, armé duquel il se mit à marcher à grands pas vers David. Arrivé à sa hauteur, il leva le bras, et voulut abattre son arme sans autre forme de cérémonial, mais David le lui retint in extremis.

— Attendez ! s'exclama-t-il.

C'est alors que, entre la fin de la manche de la parka et le début de son gant, la peau de David entra en contact avec la sienne, juste à hauteur du poignet.

Sigmund Lafarge - tiens, d'ailleurs, ce n'était pas son vrai nom, mais c'était en revanche son véritable prénom... - était assis à son bureau, calme comme aujourd'hui, jeune, et d'aspect décontracté, pas du tout médical ou austère comme on l'attend souvent de ce genre de professionnels. Mais on n'était pas aujourd'hui. On était pas ce soir : la lumière éclatante, celle d'un grand et beau soleil d'été, filtrait par la grande fenêtre.

Sa patiente, ou sa cliente, était d'âge moyen, une quarantaine d'années. Assez belle, de fait, elle portait un tailleur gris perle, des cheveux colorés en boucles abondantes remises en pli du matin, et des bijoux de valeurs... Elle avait visiblement les moyens de voir régulièrement ce type de prestataires aux tarifs plus que gonflés. Mais ce jour-là, quelque chose la rendait soucieuse. Rongée d'angoisse, même. On le remarquait aux rides trop prononcées aux coins de ses yeux, qu'elle avait tenté en vain de dissimuler sous un coûteux fond de teint, et à ses doigts qu'elle entortillait constamment en tout sens en parlant. Sigmund ne lui prêtait pas vraiment attention. Il était cordial, enjoué, et semblait disponible, comme à son habitude, mais il était las, ailleurs.

— *Vous comprenez, Docteur... je n'ai pas eu le choix...*

— *...pardon ?*

Il s'était reporté sur elle.

— *Je vous dis que je n'ai pas eu le choix... Vous comprenez, j'ai de très bons avocats, et ils ne remonteront sûrement jamais jusqu'à moi, surtout maintenant que j'ai réussi à faire fabriquer toutes ces preuves contre le comptable de la société de mon mari - le pauvre, il paraît*

qu'il a une famille... oh, je pourrais leur faire une donation anonyme, après, en liquide, qu'en pensez-vous, Docteur ?
- Je ne suis pas Docteur.
- Ah, oui : c'est vrai ; j'oublie à chaque fois... bref, je disais : normalement tout devrait bien aller, maintenant, mais, tout de même, j'aurais aimé savoir si vous voyiez quelque chose, qui pourrait m'être utile, concernant l'avenir...

En silence, Sigmund lui prit la main...

...

Il était devant sa télévision, à présent, debout dans un grand salon, un peu comme celui de David, mais plus nu, plus sobre. Pas de cheminée automatisée mais un grand poêle à bois, et la télé était moins grande ; c'était quelques années en arrière.

« Deux jeunes de dix-sept et vingt-deux ans abattus à Marseille dans ce qui semblerait être un nouveau règlement de comptes... ...Une avocate qui détournait des fonds publics depuis maintenant près de dix ans, et qui, toujours en exil au Maroc, ne saurait être interpellée... ...La profanation, cette nuit en Loir-et-cher, d'une mosquée ; c'est la huitième en six mois, nous explique Alain Dusqu... »

Il zappait, avec sa télécommande à lui, il zappait, mais rien ne changeait.

...

- Oui, Jeff, je sais, mais bon on s'en fout des salariés... tu sais bien ce qu'on dit : « les actionnaires d'abord ». ...bah voilà, dans deux mois, une fois leurs grèves passées, on aura entendu Mélenchon

> *gueuler un coup sur BFM et puis on passera à autre chose. Là où on est dans la merde, c'est s'ils mettent la main sur les rapports compta du Burkina... c'est quand même du financement occulte, ça, je te rappelle.. D'ailleurs t'as parlé à Maître Duponchel ? Il dit quoi ?*

Pendant que la femme s'égosillait au téléphone, Sigmund était tapis dans l'ombre, à l'angle d'un mur. Il n'était plus enjoué et plus disponible du tout. Il était même littéralement torturé, ça se voyait sur son visage. On était quelque part dans une autre maison, il y avait quelques mois. Et il tenait un couteau...

David Fishermann lâcha l'homme à la parka aussi vite qu'il l'avait attrapé. Aucun des deux ne pipa mot pendant quelques secondes. Puis :

- J'aimerais, si vous le permettez, écoutez encore une fois la chanson, *avant.*
- La même ?
- Oui, la même.

Sigmund Lafarge n'hésita pas longtemps. Il baissa son couteau et son bras revint le long de son corps, la manche de sa parka recouvrant à nouveau complètement sa peau.

- je suis d'accord ; c'est une belle chanson.
- Très, oui.

David Fishermann retourna vers le guéridon, et ré-appuya sur le bouton *Lecture* de la stéréo.

- Elle m'aide, ajouta-t-il.

A drop in the ocean,

A change in the weather,
I was praying that you and me might end up together...

— Alors c'est pour ça ? Que vous avez tué ces quatre personnes, c'est pour ça ?
— J'en ai tué huit.
— ...Huit ?
— Huit. Ils n'ont pu le prouver que pour quatre.

Et le silence. Enfin, pas tout à fait :

A few more hours, then it's time to go.
And as my train rolls down the East coast,
I wonder how you keep warm...

— Ça ne sert à rien, vous savez. Ce que vous faites. Ça ne sert à rien ; c'est une goutte d'eau dans l'océan.

Pour la première fois depuis au moins le début de leur entrevue, Sigmund Lafarge sourit vaguement. Il haussa les épaules. Il semblait calme. Disponible.

— « Les héros n'acceptent pas le monde tel qu'il est ».

Ce fut au tour de David Fishermann de sourire un peu.

But I'm holding you closer than most,
'Cause you are my heaven.

Misplaced trust and old friends,
Never counting regrets,

By the grace of God, I do not rest at all.
and New England as the leaves change;
The last excuse that I'll claim,
I was a boy who loved a woman like a little girl.

Still I can't let you be,
Most nights I hardly sleep,
Don't take what you don't need, from me.

A drop in the ocean,
A change in the weather,
I was praying that you and me might end up together.
It's like wishing for rain as I stand in the desert,
But I'm holding you closer than most,
'Cause you are my

Heaven doesn't seem far away anymore no, no
Heaven doesn't seem far away.
Heaven doesn't seem far away anymore no, no
Heaven doesn't seem far away.

A drop in the ocean,
A change in the weather,
I was praying that you and me might end up together.
It's like wishing for rain as I stand in the desert,
But I'm holding you closer than most,

'Cause you are my heaven.
Oh, you are my heaven !...

Trois dernières notes de piano, et l'homme à la parka s'approcha en silence.

— Attendez ! lâcha David en avançant la main vers la stéréo. Une derni... Mais l'homme à la parka voulait que cela se termine : le délai supplémentaire accordé était écoulé. Au-delà, cela n'avait plus aucun sens. Il voulu faire barrage au doigt de David, et celui-ci le toucha exactement au même endroit que la première fois.

— *Tu as encore fait du super boulot avec la petite Naella, David. Du super taf, vraiment. D'ailleurs elle attend toujours pour te voir : elle veut te remercier elle-même, c'est normal.*

— *Je fais pas ça pour être remercié.*

Assise au bureau de fortune que constituaient une planche et deux tréteaux, la jeune femme à laquelle David, debout, tournait le dos eut un sourire agacé.

— *Oui, oui : on sait... Mais on peut que la comprendre. Un BEC DE LIEVRE, David. Imagine ce que tu représentes pour elle. Tu lui as comme sauvé la vie. Quand est-ce que t'iras la voir ?*

— *Plus tard. ...Et les enlèvements, Pat ?*

La femme baissa la tête, visiblement gênée, plutôt que de répondre. Le sol était de sable, et dans la grande tente toute blanche régnait une chaleur étouffante.

— *Écoute, tu sais bien qu'on...*

David se pencha et plaqua fort ses deux paumes sur la planche ; les tréteaux vacillèrent, et elle le regarda dans les yeux. Elle y vit de la colère. De la vraie colère. On devait être bien des années en arrière, bien avant les DVD et les quatre ou cinq chapitres avant d'éteindre la lampe de chevet.

— Les enlèvements, Patricia ?!! ...Ils continuent ?!
— ...Oui, David : ils continuent.

David se détourna de Patricia et se prit le visage entre les mains. Il commença à faire les cent pas dans la poussière.

— Écoute-moi, maintenant, demanda la jeune femme. Des horreurs pareilles y'en a tous les jours dans le monde, et plus encore ici. Mais on N'Y PEUT RIEN. On n'y peut rien, David. On doit faire avec ça. Continuer à bosser comme tu le fais tous les jours. T'aurais pu te faire des couilles en or dans le privé en refaisant les miches des couguars sur la côte d'azur ; ici tu rends heureux des dizaines de gens qui n'ont rien du tout... Tu veux QUOI en plus, hein ??
— Je peux plus, Pat. J'peux plus continuer à rendre des gamines assez jolies pour qu'ils aillent en faire des putes en Syrie ou je sais pas où. J'peux plus continuer comme ça.
— Bah t'as qu'à faire l'inverse. Les défigurer. Comme ça ils y toucheront plus.

David avait arrêté de marcher de long en large. Il ne bougeait plus.

— David ? ...Je déconnais, évidement. ...David ??

Les yeux dans les yeux, David Fishermann et l'homme à la parka restèrent immobiles à se regarder pendant de longues secondes. Peut-être même des minutes, peut-être même des heures. Mais pour que l'histoire continue, il faut

reprendre où elle s'était arrêtée.
- Ils ont cessé ? ...les enlèvements, ils ont cessé ? demanda Sigmund à David.
- Non. Trois mois après ça, ils sont venus avec des famas dans le dispensaire. Ils étaient furieux. Ils ont tué presque cinquante personne. Dont elle.
- Patricia ?
- Ouais.
- Combien vous en aviez défiguré ?
- ...Vous ne le savez pas ?
- Pas précisément.
- Peu importe, alors.

Lentement, Sigmund avança la main, et du bout de son gant effleura la surface digitale ultrasensible. Aussitôt, le son jaillit des enceintes dernier cri.

A drop in the ocean,
A change in the weather,
I was praying that you and me might end up together...

Un chirurgien plastique recyclé de l'humanitaire qui regarde en boucle les mêmes films tous les soirs dans son cent vingt-sept mètres carrés et un ex médium tueur en série venu lui faire la peau en train d'écouter *A drop in the ocean*, plantés là, un couteau à la main pour l'un, pieds nus pour l'autre, debout en plein milieu de la nuit sur une chaîne stéréo à cinq mille euros, c'est décidément une scène digne de la meilleure des histoires.

Mais dans toutes les histoires de dingues, il faut une fin de dingues. Alors un homme, sans parka ni gants, âgé d'une bonne cinquantaine d'années, qui fait irruption dans l'appartement, là comme ça, en défonçant la porte, armé d'un revolver, cela pourrait coller. Ça serait même tellement dingue qu'à coup sûr on ne pourrait se dire que ça semble écrit à l'avance.

Trois dernières notes de piano, et ils se regardent toujours dans les yeux. Soudain, ils entendent un bruit fracassant en provenance de l'entrée. Quand l'homme armé débarque dans le salon, les yeux exorbités par la rage, le médium assassin ne l'avait pas vu arriver, et le chirurgien rongé par le remord ne l'attendait plus. David tente de s'interposer, mais reçoit une balle en pleine tête. Effaré, Sigmund le regarde tomber, et tâcher son tapis Angelo de sang quand à son tour il est touché à la poitrine, et s'effondre. Au-dessus de lui, l'homme au revolver le toise avec une colère qui ne semble pouvoir ni comprendre, ni s'éteindre, ni même se contenir. Il le met en joue. Sigmund tend par réflexe la main pour détourner le canon qui vise, et la peau de son poignet effleure les doigts de son meurtrier.

Jean descend les escaliers quatre à quatre. A Cinquante-deux ans, il a toujours la pêche. C'est le sport, comme il aime à le croire : il fait une heure de vélo quatre fois par semaine. On a sonné à la porte, alors il se dépêche.
— *Catherine !! Descends, sa doit être Lisa qui est en avance pour le petit dèj !*

Il trottine jusqu'à la porte d'entrée, de la cuisine s'échappe l'odeur merveilleuse des pancakes que sa femme finit de cuire. Ralenti par ses chaussons qui frottent la parquet parce qu'ils sont usés et que, malgré leur semelle en piteux état qui pendouille de temps à autre, il refuse d'écouter Catherine et d'en acheter de nouveaux, il arrive à la deuxième sonnerie.

— *Catherine !! crie-t-il plus fort encore. Viens dire bonjour à ta fille ! Quand elle était au Burkina tu te plaignais qu'on ne la voyait jamais !!*
Et puis il ouvre la porte.

— *Alors, ma Lis...*

Mais ce n'est pas Lisa. Ce ne sera plus jamais Lisa, et Catherine aura préparé trop de pancakes pour cette fois ; lui n'en mange pas, à cause de son cholestérol. L'agent de police qui lui fait face tient sa casquette à la main. Derrière, devant le portail, un autre attend à côté de la voiture.

— *Monsieur Cohen, bonjour. Brigadier Delmarre. Je suis désolé, Monsieur...*

Jean est dans sa voiture. Il a cinquante-cinq ans maintenant, presque cinquante-six, et il n'est plus tant en forme. Il faut dire qu'il ne court plus depuis plus de trois ans. En face de lui, il y a l'homme à la parka qui a tué sa fille. Il peut le voir par le pare-prise de l'auto, même s'il pleut à torrent.

Il a bu, un peu, pour se donner du courage, et parce que Catherine n'est plus là pour l'en empêcher. Depuis qu'elle l'a quitté l'année dernière, plus personne ne surveille son hypertension ou son cholestérol. Dans la boîte à gants, son revolver est chargé, prêt à servir. Et il s'en servira, c'est sûr. Là, devant, l'homme à la parka est escorté vers le fourgon. Jean hait cette parka horrible.

« *Tu vas crever, enculé de charlatan de mes deux.* ».

Mais non, l'homme touche simplement un à un les agents qui l'encadrent, et ils tombent. Ils tombent comme des mouches. L'homme à la parka s'évade. Peut-être pas si charlatan que ça, en fin de compte.

« Tu vas crever quand même ; t'inquiète pas ».

Et c'est vrai : le meurtrier de sa fille s'empare de la voiture des flics inconscients pour se faire la malle. Il suffit de le suivre. Jean démarre.

Le flash s'arrête. Sigmund laisse retomber son bras sur son torse perforé. Il murmure simplement :

— Ce n'est qu'une goutte d'eau... dans l'océan.

Jean n'hésite pas : il tire une deuxième fois, et c'est le silence. Il a tué l'homme à la parka, ainsi qu'un autre, qu'il ne connaissait pas. Et à présent que c'est fini, le monde est toujours le même. Il est seul, il est vieux, il n'est pas en bonne forme. Soudain il ne se sent pas très bien, il a du mal à supporter le silence.

Lâchant son arme sur le beau tapis beige tout plein de sang qui recouvre le parquet de l'appartement vide, il titube jusqu'au guéridon et cet appareil high tech qu'il voit allumé près du home cinéma. Sur l'écran lumineux, c'est écrit « A drop in the ocean ». Tout, plutôt que le silence. Alors il appuie sur *Lecture*.

A drop in the ocean,
A change in the weather,
I was praying that you and me might end up together.
It's like wishing for rain as I stand in the desert,
But I'm holding you closer than most,
'Cause you are my heaven.
You are my heaven...

FIN

© 2015, Tancrède Culot-Blitek

Edition : BoD - Books on Demand
12/14 rond-point des Champs Elysées, 75008 Paris
Imprimé par Books on Demand GmbH, Norderstedt, Allemagne
ISBN : 9782322044887
Dépôt légal : Décembre 2015